La Partie Éternelle du Toujours

La première aventure de Keely Tucker

BOOKSIDE Press

La Partie Éternelle du Toujours

La première aventure de Keely Tucker

FRENCH EDITION

TOBY K. DAVIS

Encres et reliures

BOOKSIDE Press

BookSide Press
877-741-8091
www.booksidepress.com
orders@booksidepress.com

*La Partie Éternelle du Toujours - La
Première Aventure de Keely Tucker*
est dédié à mon mari, Rob,

et à ma seule grand-mère, Rosalie Ratcliff Jones,
"pour toujours" a rendu cela possible.

Et pour tous ceux qui croient que l'impossible est possible,

les espoirs, les souhaits et les rêves se réalisent.

Contenu

Illustrations

Par Diana Magnuson

Diana Magnuson, maître illustratrice de contes pour enfants et artiste émérite de galeries, s'illustre par ses interprétations aériennes de la fantaisie et du mythe, ainsi que par son implication prolifique dans l'édition scolaire. Son imagination féconde a donné vie à plus d'une centaine d'œuvres. Elle réside aux côtés de son époux au Michigan, où les vastes lacs, les falaises majestueuses et les bois mystérieux alimentent son inspiration inépuisable.

Avant-Propos

Il est un grand plaisir d'écrire cette préface pour le livre de Toby K. Davis, que je recommande vivement. *"The Ever Part of Always—Keely Tucker's First Adventure"* est un roman sur l'amour et l'amitié à travers les générations humaines, mais aussi sur l'ouverture à donner et à recevoir de ces créatures non humaines. Il déploie un vocabulaire extrêmement riche et captivant pour transmettre la beauté et l'émerveillement dans la nature qui nous entoure. Au nom de Keely et de ses amis, il découvre des possibilités inattendues de réconfort et de surprise dans les nuages et les arcs-en-ciel, et leurs couleurs, qui deviennent des rivières teintées et des foyers pour des créatures nouvelles et amicales, et parfois moins amicales. Le vent est un tapis roulant de pensées-mots et de sentiments, franchissant de grandes distances et différents stades de la condition humaine. Le cosmos, abritant les nuages, les arcs-en-ciel, les vents, les grottes secrètes et les étangs sombres, toujours décrit avec un grand attrait pour l'imagination, est un décor constant des aventures de Keely.

Le livre est imprégné d'images et de situations, du langage des pensées aux licornes et dragons merveilleux, dont la lignée puise dans les contes de fées intemporels du passé. Mais Keely, une héroïne s'il en fut une, n'est guère une princesse. Elle vit fermement au XXIe siècle, et ce n'est pas un cadre idyllique. Des temps difficiles ; une mère difficile, quelque peu névrosée ; un père constamment sur la route et jamais là pour elle ; de mauvaises performances à l'école, une litanie de malheurs qui lui arrivent, trop familiers à notre époque actuelle. C'est sa capacité à tout éteindre — à l'ignorer et à entrer dans un univers parallèle aux propriétés magiques qui l'enveloppent alors qu'elle prend la responsabilité de son amie licorne mourante et se lance dans une quête d'une potion spéciale — qui rend Keely si attirante pour le lecteur, désireux de se joindre pleinement à ses aventures. Son ami canin, Growler, et son compagnon félin, Meowcher, sont presque des substituts pour les enfants qui liront ce livre, souhaitant pouvoir être là pour s'assurer que Crea, la licorne infirme, boive enfin l'élixir magique.

Keely est tout ce que chacun de nous aimerait être. Elle est ingénieuse et rapide d'esprit alors qu'elle envisage chaque nouvelle série de péripéties. Elle est concentrée sur son objectif de sauver Crea. Elle est adaptable alors qu'elle tire de l'eau des nuages et utilise des écailles de dragon comme des marches tout en descendant les pentes raides flanquant une cascade magique. Elle est intrépide en contournant les dragons et en apprenant avant tout le monde à voler d'une licorne. "The Ever Part of Always" est un excellent livre, qui encouragera peut-être les enfants à revoir leur façon de penser à ce qu'ils peuvent faire, à convertir, selon les mots de Keely, l'"impossible" en "possible". On commence par l'imagination, après tout, et c'est peut-être le livre qui suscitera la pensée qui devient, comme dit le dicton, le père de l'acte.

—Albert A. Thibault, *diplomate chevronné à la retraite, a occupé les plus hautes fonctions dans plusieurs ambassades américaines à l'étranger et écrit actuellement un livre sur les relations entre les États-Unis et l'Inde.*

Prefacio

Qui aurait cru que mon cœur ratatiné aurait pu retrouver sa verdeur ?

George Herbert, " La Fleur " (1633)

Voir un monde dans un grain de sable Et un paradis dans une fleur sauvage

Tenir l'infini dans la paume de sa main Et l'éternité dans une heure.

William Blake, "Augures d'innocence" (1803)

L'imagination est plus importante que la connaissance...

Albert Einstein

" *La Partie Éternelle du Toujours - Première Aventure de Keely Tucker*" raconte le voyage d'un enfant du désespoir à la croyance, de l'estime de soi basse à un sentiment de valeur personnelle, utilisant le seul outil à sa disposition, l'imagination - la clé de l'espoir. L'histoire est empreinte d'images qui envahissent la tranquillité d'esprit et de personnages qui touchent le cœur. Les thèmes s'entremêlent alors que Keely subit une transformation ; l'amour, le pardon et la volonté de réussir la poussent à accomplir des choses dont elle n'aurait jamais rêvé. Les autres autours d'elle sont inspirés par sa ténacité à surmonter ses peurs, à trouver des solutions là où aucune ne semblait possible. Licornes, dragons de feu, autres bêtes mythiques, potions magiques et cascades du bord du ciel jusqu'à l'éternelle partie du toujours enrichissent l'aventure jusqu'à sa conclusion finale.

Les bâtons et
les pierres
peuvent me
briser les os
Mais les mots
Ne me feront
jamais de mal.

Comptine anonyme

Premier Chapitre

Batonnets

Le sable d'or s'écoulait en un flux lent et régulier à travers la paume granuleuse et recueillie de Keely Rosalie Tucker. De petites gouttes adhéraient aux coins de ses articulations pliées pendant qu'elle tentait de glisser le précieux scintillement dans le filet argenté, un sac à main à la retraite de sa grand-mère, que Keely avait retiré du sac de la Croix-Rouge. Le front de Keely était strié de sueur et de grains de sable jaune. Ramasser la poussière d'or était une affaire sérieuse qui exigeait une concentration totale, et le timing était crucial. Il devait être terminé avant que le soleil n'atteigne son point le plus élevé dans le ciel. Elle devait se rappeler et prononcer les mots exactement tels que sa grand-mère les lui avait enseignés il y a près de cinq ans, le jour de son cinquième anniversaire. Seul le vent pouvait attraper les chuchotements des sons et les siffler au loin vers cet endroit où personne n'est jamais allé, où les brumes sont parées d'arc-en-ciels et les arbres sont garnis d'étoiles. Là, les licornes respirent un air violet,

La collecte de poussière d'or était une affaire sérieuse.

grignotent doucement les fruits scintillants et garnissent les nuages de lambeaux de leur rire, attendant l'appel lointain d'un enfant.

"Que diable fais-tu là ? Si je te l'ai dit une fois, je te l'ai répété mille fois : change de tenue avant de t'aventurer dans ce tas de saleté. Rentre à la maison et fais-le maintenant. Un ! Deux !" Keely ne voulait pas que sa mère atteigne trois, synonyme d'une punition automatique et de cris encore plus forts.

"J'y vais. J'y vais." Les larmes coulèrent silencieusement dans les yeux de Keely. Le moment était encore une fois évanoui. Ne serait-il jamais juste ? Sa mère ne comprendrait jamais. Comment pourrait-elle, alors que Keely elle-même. n'était pas certaine de comprendre?

Keely se leva, écarta le sable précieux de sa tenue favorite : un jean indigo foncé évasé aux bottes et un tee-shirt rayé rouge et blanc superposé avec une chemise occidentale bleu délavé à double poche de l'année dernière, les manches retroussées. Ses chaussettes rayées grises et blanches, réservées aux jours heureux, dépassaient des chevilles de ses baskets "à la Converse", violettes et sans lacets. Toutes ces pièces, des cadeaux d'anniversaire de sa grand-mère, avaient été achetées en solde finale dans les magasins Wal-Mart ou Target à Memphis. Cependant, c'était Keely qui assemblait les tenues pour refléter son humeur. Ses mèches presque couvrantes de sourcils, elle prit un moment pour replier ses couettes légèrement asymétriques - celle de gauche plus haute que celle de droite - dévoilant ses yeux d'émeraude scintillants de résignation. Quelques mèches de cheveux acajou s'échappaient des élastiques rouges, serrés contre son crâne.

Alors qu'elle se dirigeait vers sa maison, elle réalisa qu'elle avait oublié son sac de poussière d'or et fit demi-tour pour le récupérer de l'autre côté du tas de saleté. Une voix familière et forte la provoqua : "Hé, imbécile ! Ouais, je te parle. Viens ici et nettoie la boue sur mon vélo. Tu sais ce que je ferai si tu ne le fais pas maintenant. Incroyable, je peux à peine croire que je permets à un perdant comme toi de toucher à mon vélo. Tu es trop stupide pour réaliser l'honneur spécial que je te fais, mais mon père m'a toujours dit d'être gentil avec les animaux idiots, et c'est ce que je fais. Tu sais, on devrait t'appeler Dum-dum Tucker, ou mieux encore, Dumbo, parce que tu es tellement lente et tellement bête. Dumbo, Dumbo, D-u-m-b-o, Dumbo est ton nom-o," chanta Darrell. "N'essaie même pas d'utiliser de l'herbe. Lustre les pare-chocs avec ton t-shirt."

Darrell était le plus grand de la quatrième année, et "Brute" était son deuxième prénom. Il taquinait les enfants, essayant de les faire pleurer; volait des cookies et des puddings des boîtes à lunch; et tordait les bras, infligeant des "brûlures de corde" en cadeau si un enfant parlait aux enseignants. Darrell ciblait les plus faibles, ceux qui avaient peur de lui et ne se défendaient jamais. Malheureusement, il était le voisin de Keely, habitant à quatre maisons de l'autre côté de l'allée. Harceler et taquiner étaient les principaux passe-temps de Darrell, et il la suivait constamment pour lui crier des méchancetés et essayer de la faire pleurer.

En ce moment, Keely se tenait dans une zone de non-droit, comme l'aurait dit Gramps, cet espace où l'on ne veut jamais se retrouver - trop loin de la maison pour y arriver, même en courant à toute vitesse, et hors de portée pour appeler à l'aide de sa mère. Elle se tourna vers Darrell, à quelques pas d'elle. Il n'y avait pas d'échappatoire.

Le soupir inaudible de Keely se mêla aux larmes dans le bassin secret de son cœur, où elle essayait de stocker toutes les mauvaises choses. Elle entendit son propre cœur battre de peur. "D'accord, Darrell." Elle s'approcha lentement du grand vélo noir avec une bande métallique vissée pour remplacer une pédale cassée et des décalcomanies fanées de flammes serpentant sur les pare-chocs. Elle aurait aimé lui dire de reprendre ses paroles, mais Darrell l'avait menacée auparavant, et elle savait qu'il le referait s'il était désobéi. Sa grand-mère, Gramms pour Keely, lui avait appris ce stratagème de glisser des mots méchants dans un bassin sans fond au plus profond d'elle-même, noyant leur douleur, mais cela ne marchait pas toujours, et c'était l'un de ces moments où elle n'y parvenait pas. La douleur continuait de frémir, bouillonnant sur les bulles, refusant de sombrer, comme d'autres fois où sa mère l'attaquait avec des paroles en colère ou où son enseignant la mettait dans le coin de punition pendant quatre heures pour avoir manqué tous les mots d'orthographe. En se remémorant ces incidents, son menton trembla légèrement, un soupir s'échappa, et avec lui, une seule larme.

La réaction de Darrell fut immédiate. D'un bond, il était sur elle, frappant le sol autour d'elle avec sa canne en bois flotté finement sculptée qu'il portait toujours, la laissant atterrir juste devant ses avant-bras à chaque troisième coup pour la terrifier encore plus. Keely s'éloigna du bâton. Elle ne craignait plus la canne que de Darrell, car elle semblait avoir des têtes de dragons et de diables gravées par la mer, leurs voix la meurtrissant à chaque coup. "Tu n'es rien ! Tu es sans valeur ! Tu es stupide !"

Les propres paroles de Darrell étaient des échos ternes de celles qu'elle avait déjà entendues - "J'ai vu cette larme. Je vais te donner quelque chose pour pleurer."

Et il le fit. Les mots laissèrent des marques sur ses bras, même si le bâton ne la touchait jamais.

Après le départ de Darrell, Keely tenta d'ouvrir la porte de cuisine en écran maintes fois réparée et de se glisser par la porte arrière. Elle voulait passer inaperçue dans la cuisine, où sa mère triait les factures en tas à payer immédiatement et à payer plus tard, la pile à payer plus tard étant encore plus haute que d'habitude ce mois-ci. Keely tira nerveusement sur les manches retroussées de sa chemise superposée, essayant de les étirer en manches longues pour couvrir les morsures imaginaires de dragon et de diable, et essuya ses larmes de peur avec son poing. Sa mère avait assez de problèmes mais ne pouvait jamais résister à l'envie de transformer les problèmes de Keely en faute de Keely. Et cette fois ne fit pas exception.

"Eh bien, Keely, qu'est-ce qui t'est arrivé ? As-tu pleuré ? Ce sale gamin du voisin t'a encore menacée ? Je l'ai vu plus tôt traîner dans l'allée sur son vélo et je lui ai dit de rester hors de notre jardin. Je pensais t'avoir dit de rester loin de Darrell pour qu'il ne puisse pas te taquiner. Quand apprendras-tu à laisser les brutes comme lui tranquilles et à garder la bouche fermée pour qu'il ne puisse pas utiliser ça comme excuse pour t'embêter ? J'ai parlé à sa mère et j'ai essayé de la convaincre de le contrôler, mais ça n'a pas marché, alors c'est à toi de faire quelque chose. Enfuis-toi. Ne le laisse pas t'embêter."

"Mais—"

"Ne me 'mais' pas, Missy," continua sa mère. "Et ne viens pas pleurnicher quand tu ne fais pas ce qu'on te dit et que tu t'attires des ennuis. Va te nettoyer et prépare-nous à déjeuner. Sors aussi le Jim Beam ; un verre frais m'aidera à me concentrer pour payer ces factures." Jim Beam aidait aussi sa mère à traverser les longues nuits solitaires lorsque le père de Keely était sur la route lors de ces interminables voyages d'affaires génériques qui pouvaient s'étendre sur des semaines. Keely ne savait jamais exactement où ou pourquoi son père voyageait, mais le quand était évident. Des bouteilles de "Jim", le meilleur bourbon du Kentucky mais l'un des moins chers, apparaissaient toujours quand il disparaissait. Le problème était que Jim libérait souvent la langue de sa mère et laissait Keely avec des volcans de mots pour se noyer dans son bassin secret.

Keely changea de vêtements d'abord et se faufila jusqu'à la cuisine, gardant les yeux baissés, les épaules voûtées, et le ventre aussi serré que possible, essayant de disparaître. Elle prépara le déjeuner sur la table recouverte de Formica, craquelée et jaunie par l'âge et les taches des dîners passés - le motif de poussière d'étoiles, déglamouré, délesté à jamais de ses étoiles, frotté invisible avec des sprays de Clorox. Le même modèle se trouvait dans les cuisines des amis de Keely, et, comme les autres, il avait connu de meilleurs jours, comme son père avait l'habitude de dire. Keely étala du thon en conserve et de la mayonnaise sur le pain de blé légèrement rassis. Ensuite, elle remplit un verre de glaçons, plaça soigneusement Jim sur la table à côté de sa mère, fourra son propre sandwich dans son sac à dos, et sortit discrètement par la porte arrière. Elle mit son index dans l'écran pour le retenir avant qu'il ne claque contre le chambranle de la porte, espérant dissimuler son départ.

Et elle réussit.

Deuxième Chapitre

Mantra De Gramms

Keely respira profondément, bascula la tête en arrière et s'immergea dans l'azur du ciel, absorbant les ténèbres jusqu'à un autre jour. Elle traversa la rue d'un pas vif, les bras étendus, glissant en bas de la colline vers son lieu privilégié dans le parc du quartier, légèrement envahi par la nature et négligé par manque de fonds. Son grand-père, simplement Gramps pour Keely, soutenait que l'argent de la ville s'épuisait toujours avant d'atteindre leur quartier, que ce soit pour les écoles, les hôpitaux, les parcs ou les rues. La mère de Keely lui avait raconté que c'était cette maladie du manque de fonds qui avait emporté son grand-père, et non pas le cancer. Ses yeux glissèrent sans interruption sur les tas de déchets non ramassés, le verre brisé et les bancs écaillés par la peinture dans le parc, avant de se poser sur un cercle d'arbres. Apercevant ses quatre amis les plus proches, elle annonça son arrivée par un cri joyeux.

"Enfin là. Hourra !" Elle saisit le bras de Shorty et le

serra étroitement en se balançant d'avant en arrière ; des rires de joie éclatèrent, plissant ses yeux et les coins de ses lèvres, jusqu'à ce qu'elle le lâche et s'effondre sur le sol dans un amas de feuilles laissées là. S'installant confortablement, elle commença à agiter vigoureusement les bras dans un mouvement de paon, et ses jambes imitèrent l'énergie. "Anges de feuilles, je vous commande de vous lever et de voler vers les endroits cachés, trouvez la licorne et plaidez ma cause. J'ai l'impression qu'il y a si peu de temps avant — avant quoi, je ne sais pas, mais cela remonte le long de mon cou, fait frissonner mes oreilles. Quelque chose d'affreux va arriver." Elle se leva et étreignit chacun de ses autres amis, les serrant de toutes ses forces ; deux étaient des bouleaux blancs comme Shorty, et un était un gigantesque saule pleureur nommé Will. En se tournant vers Will, elle ne remarqua pas le contour "angélique" des feuilles emportées par le vent, vers le soleil et ce qui se trouve au-delà.

Shorty, Lefty, Will et Chartreudy, ainsi nommée en raison de son écorce de bouleau brûlante, plus chartreuse que blanche, étaient les amis de Keely depuis sa toute première visite au parc avec sa grand-mère il y a sept ans. Gramms disait à Keely qu'on appelait toujours les arbres par des noms de personnes pour leur montrer qu'on était vraiment amis avec eux. Keely choisit leurs noms ce jour-là, et comme elle venait d'apprendre la couleur chartreuse à la maternelle, il était logique d'utiliser son nouveau vocabulaire. C'était un contexte approprié, selon sa grand-mère. Shorty, bien sûr, était l'arbre le plus court, et Lefty n'avait qu'une branche du côté gauche assez basse pour que Keely puisse l'atteindre.

On peut compter sur les amis arbres, qui seront toujours là

pour vous, offrant un vrai soutien quand vous vous affaissez à l'intérieur. Ils ne crient pas ou ne vous repoussent pas si vous êtes laid ou triste ou si vous avez été méchant. Mais surtout, ce sont de bons auditeurs et gardent ce que vous dites en confiance. Ils ne bavardent pas et, en fait, ils ont gardé des centaines des secrets de Keely. Maintenant, comme souvent auparavant, elle grimpa au sommet de l'épaule de Will, posa sa tête sur lui, détendit son estomac et murmura les mots de douleur avec les larmes intérieures libérées sur les feuilles minces, assombrissant leur vert, ajoutant à leur pleur. À ce moment-là, elle se redressa comme une tige de fer - Gramps disait toujours de se tenir droit comme une tige de fer, et même si elle ne savait pas ce que cela signifiait, elle imaginait qu'elle se tenait ainsi - dans les branches supérieures de l'étreinte de Will. Inclinant la tête en arrière, elle effleura la lumière de ses doigts, comme toujours, essayant d'imprimer les arcs-en-ciel inaccessibles qui frôlaient les nuages après une pluie. Sa douleur libérée, elle était prête à affronter tout ce que le monde avait à lui offrir ce jour-là. Inspirant profondément le bleu du ciel, elle fut submergée par une fatigue soudaine qui lui fit mal aux os. Keely décida de se reposer juste un moment, se pelotonna comme un chat câlinant des branches égarées contre sa joue, et s'endormit.

La plupart des autres amis de son quartier étaient plus jeunes, entre trois et sept ans. Ils chérissaient ses histoires infinies et imaginatives, considérant chacune comme une croyance fervente en les pouvoirs secrets de Keely, notamment celui de voler. Elle leur expliquait que chaque fois qu'ils percevaient le son silencieux des feuilles dans les arbres, c'était en réalité elle qui les éventait en passant. Et s'ils observaient attentivement les feuilles, ils verraient son éventail et ressentiraient son souffle. Cependant, elle avait maîtrisé l'art de voler seulement au crépuscule, cette heure de lumière teintée de rose, ni tout à fait le jour ni encore la nuit. Si quelqu'un s'aventurait dans le quartier à cette heure enchantée, il y avait généralement deux ou trois enfants testant leurs propres ailes pour voir s'ils avaient développé ce pouvoir. Keely tissait des contes pour les enfants et pour elle-même, mais elle était la seule à connaître la vérité, qu'elle ne pouvait pas voler, du moins pas encore. Elle refusait d'admettre la défaite et se jurait de ne jamais cesser de chercher le secret.

Sa grand-mère, avec qui elle avait toujours eu un lien spécial, une confiance particulière, inculqua à Keely la croyance en la magie. Depuis aussi longtemps que Keely pouvait s'en souvenir, Gramms lui remplissait l'esprit d'histoires sur des endroits enchantés et lointains où licornes, fées et anges respiraient, et plus on croyait en eux, plus grand serait leur pouvoir. Gramms disait qu'ils vous protégeraient, vous abriteraient des peines quotidiennes de la vie et vous sauveraient du danger. Mais surtout, ils viendraient toujours en aide à un enfant dans le besoin ; il suffisait de savoir comment les appeler. Les exemplaires élimés de Peter Pan et du Magicien d'Oz de Keely confirmaient sa foi en la poussière de fée et les souliers rubis. Pour Keely, les récits de Gramms semblaient basés sur une expérience personnelle, les indices étaient là, mais elle ne savait pas si les histoires étaient vraies, partiellement basées sur des faits ou pures fantaisies. Keely espérait qu'elles étaient vraies et repensait souvent les contes de Gramms pour se rassurer.

Elle créait un lieu dans son esprit, une retraite où se faufiler et se cacher jusqu'à ce que les moments de détresse passent.

Gramms disait à Keely maintes et maintes fois qu'elle était unique ; ses différences lui faisaient ressentir des choses que les autres ne pouvaient pas ressentir, permettant à Keely de percevoir des choses que d'autres refusaient d'admettre. Gramms aimait appeler ça le "sens de l'inkle" de Keely, la source des intuitions, des indices et des pressentiments. Keely ne pouvait nommer les cinq sens normaux mais frissonnait souvent à l'ombre de choses à venir que personne d'autre ne pouvait entendre, voir ou ressentir. La plupart du temps, elle ignorait les frissons, négligeant les murmures et les paroles sifflantes du vent doigté. Elle refusait d'écouter, de comprendre ou de croire en sa capacité. Keely ignorait que Gramms avait également la conscience du "sens de l'inkle", croyait en cela, et s'en servait de temps en temps pour suggérer des idées aux gens, ainsi que pour d'autres choses. Gramms, au courant de tous les secrets de la famille, savait que ce sens était hérité de sa propre "Gramms", qui avait reçu le don de l'inkle de sa propre "Gramms" et ainsi de suite. Il était donné uniquement aux femmes et sautait une génération sur deux. La mère de Keely n'avait pas cette capacité et se moquait de Gramms à chaque fois que quelque chose lié à la prise de conscience d'événements imminents ou à l'utilisation de pensées pour modifier le comportement était mentionné, alors Gramms choisissait de ne pas en parler ouvertement avec la famille. Gramms prévoyait d'aider Keely à développer pleinement ses pouvoirs d'inkle lorsqu'elle aurait douze ans, car les années d'adolescence, lorsque le corps et l'esprit traversent toutes sortes de douleurs de croissance, étaient les plus propices. Gramms n'était pas inquiète, sachant que le moment de Keely n'était pas encore venu. Gramms prit conscience pour la première fois que Keely avait le "cadeau d'inkle" quand Keely avait presque quatre ans. Gramms cherchait dans la maison un livre de poèmes égaré, et Keely lui dit qu'il était dans une boîte ronde verte avec un gros nœud rouge et que quelques chapeaux en fourrure duveteuse se trouvaient dans la boîte avec le livre. Gramms sut instantanément de quelle boîte il s'agissait et où la trouver, sur l'étagère supérieure de son placard, sous quelques couvre-lits anciens. Gramms se souvenait d'avoir lu des poèmes quelques années auparavant et d'avoir rangé son placard en même temps. Elle descendit la boîte à chapeaux, l'ouvrit et y trouva le livre, ainsi que deux "chapeaux en fourrure d'opossum" de sa propre grand-mère enveloppés dans du papier de soie jauni. De toute évidence, le livre s'était joint aux chapeaux par accident. Keely dit à Gramms qu'elle avait entendu parler de la boîte avec le livre quand elle se brossait les dents. Keely prétendait avoir entendu une voix de "fée" aiguë qui sifflait, un peu comme l'un de ces sifflets pour chiens que seuls les chiens peuvent entendre, mais en écoutant les bruits aigus, elle découvrit que les sons aigus étaient en réalité des mots. La voix lui parlait du livre de Gramms, lui parlait de la drôle de boîte. Keely ajouta que c'était peut-être la petite souris des dents qui le lui avait dit. La mère de Keely lui dit d'arrêter d'imaginer des choses et de cesser de raconter des mensonges.

Plus tard, Keely cracha parfois des vérités ; les voix lui chuchotaient simplement des choses dans la tête. Elle dit à son père qu'une grosse tempête de neige arrivait, avertit son enseignante qu'elle devait réparer un trou dans son pneu et dit à tout le monde que sa mère allait gagner dix dollars au bingo. Keely se retrouvait généralement dans des ennuis pour ses intuitions. On l'accusa d'avoir fait le trou dans le pneu et d'avoir "d'une manière ou d'une autre" triché au bingo, et ses camarades de classe la traitaient de bizarre. Keely cessa de révéler les chevilles. Elle ne voulait plus en apprendre davantage à leur sujet, les considérait comme une nuisance et essayait de les ignorer la plupart du temps.

Un message étouffé s'insinua près de son oreille, interrompant ses rêves ; les paroles du mantra de Gramms la tirèrent d'un sommeil profond, lovée dans les bras de Will.

Crois que « l'impossible est possible ». Crois-en toi-même. Tu peux le faire.

Une urgence soudaine de rentrer chez elle s'empara de Keely. Ses pieds touchaient à peine le sol alors qu'elle volait sur la courte distance jusqu'à sa cour arrière, sautant par-dessus deux couvercles de poubelle cabossés et évitant de peu d'écraser Meowcher, le chat du voisin. Elle ne prit aucune précaution pour atténuer l'impact de la porte moustiquaire qui se referma derrière elle. Le claquement fit trembler les volets usés et délabrés encadrant trois fenêtres à l'arrière de la maison, deux à l'étage et une à côté de la porte de la cuisine. Les vis rouillées se desserrèrent et deux des trois paires basculèrent brusquement vers la gauche, prêtes à s'écraser et à abandonner les fenêtres ternies par la crasse à tout moment.

Le sentiment de prémonition de Keely s'intensifia alors que ses yeux notaient les piles maintenant dérangées de factures impayées toujours posées sur la table de la cuisine, ainsi qu'un sandwich à moitié mangé et une bouteille de Jim nouvellement vidée. Elle fit une pause pour écouter et perçut des bruits étouffés venant de la chambre de ses parents. Ouvrant prudemment la porte, elle trouva sa mère en pleurs, essayant d'étouffer les sons avec son oreiller de lecture, l'un de ces bosses à carreaux pour soutenir la tête dans le lit lorsqu'on dévore les romans à vingt-cinq cents sans couverture trouvés dans les ventes de garage.

"Hey, Maman," dit-elle. "Qu'est-ce qui ne va pas ?" La mère de Keely était rarement celle qui pleurait pour quoi ou qui que ce soit, alors cette démonstration de tristesse perturbait Keely, et elle ne savait pas trop quoi dire, penser, ou faire. Keely toucha maladroitement sa mère entre les omoplates et sentit la douleur piquante s'écouler en ruisseaux à travers ses doigts. Elle caressa doucement le cou et le dos de sa mère et commença à fredonner une berceuse que sa mère chantait il y a longtemps, à une époque sans douleur. La mélodie les apaisa toutes les deux, et en quelques secondes, Keely ressentit la source du chagrin avant que sa mère ne prononce les mots, ses larmes ombrées glissant de yeux fermés serrés.

La mère de Keely ressemblait à une photographie ancienne délavée. Son visage était dépourvu de toute couleur ; ses cheveux étaient longs jusqu'aux épaules, brun souris, mousseux et frisés comme des nuages de coton par une journée humide. Ce sont les yeux énormes, gris-violet, qui figèrent la tristesse, de longs cils ombrageant sa douleur, et des lèvres abaissées qui tremblèrent dans une moue triste. Elle était habillée d'une tenue quotidienne - une longue blouse grise et noire, avec des rayures alternées, une noire, la suivante grise avec des taches blanches de la taille d'une tête d'épingle, suspendue à l'extérieur et au-dessus de salopettes baggy avec des patchs aux genoux, autrefois portées par son père - tellement grandes qu'elles tombaient de ses hanches.

"Ta grand-mère est morte."

Bien que Keely sût ce que sa mère allait dire, elle fut bouleversée par la perte d'une amie aimante. Un souvenir lointain des paroles de Gramms tapota dans son esprit, et elle les partagea avec sa mère. "Maman, ne t'inquiète pas. Gramms est avec nous pour toujours, dans nos cœurs, dans nos esprits. Elle disait toujours que chaque fois que nous penserions à elle, nous devrions sourire, et elle nous verrait et rirait. Rappelle-toi de son rire, Maman ? Écoute, j'entends son bonheur. Ne l'entends-tu pas ?"

Pendant le plus bref des claquements de doigts, la mère de Keely ressentit, puis entendit, des tintements de rires doux effleurant ses cheveux, mais le moment passa. "Arrête ça, Keely. Ne sois pas stupide. Ça a l'air bien, mais elle est partie, tout comme Gramps, et elle ne reviendra pas. La vie continue. Les avocats liront le testament la semaine prochaine, et ton père sera de retour en ville. J'ai fini de pleurer et je ne pleurerai plus. Toi non plus, tu ne devrais pas." Avec ces mots, sa mère ferma son cœur, et Keely quitta la pièce pour pleurer seule, en silence. La voix de Gramms parla doucement depuis les ombres capturées dans le coin, brisant le silence. "Ça va, Keely. Ne sois pas triste, et ne laisse jamais les mauvais mots de quiconque te battre à nouveau. Répète la comptine que je t'ai apprise à réciter dans les moments douloureux."

"Les bâtons et les pierres peuvent casser mes os, mais les

mots ne me feront jamais de mal."

Keely chantonna la comptine encore et encore, la murmurant sans émettre de sons, essayant d'étouffer les mots - les bâtons et les pierres continuant de battre sur son cœur, la poignardant de douleur et de tristesse.

Chapitre Trois

Le Testament

C'était une réunion inhabituelle dans la salle d'attente de Fenster, Abercrombie et Smith, le cabinet d'avocats chargé des affaires de Gramms. On pouvait le deviner à ers les rideaux de velours usés, les fauteuils en cuir élimé avec des napperons en crochet recouvrant les brûlures de cigarettes, et l'odeur vieille et moite qui laissait entrevoir des jours meilleurs, tout comme les parents de Keely. Les grands-parents de Keely avaient autrefois de l'argent, mais la majeure partie avait disparu d'ici le moment où la mère de Keely avait huit ou neuf ans. Le grand-père de Keely était connu comme une personne facile à convaincre par tous ses amis, et il ne cessait de leur prêter de l'argent jusqu'à ce qu'il n'y en ait plus. Enfant, la mère de Keely était devenue amère et pleine de ressentiment envers le monde parce qu'elle ne cessait de penser aux "si seulement" ; si seulement ils avaient encore de l'argent, si seulement tout était comme avant, et des années plus tard, si seulement son père était toujours là pour la serrer dans ses bras.

Gramms aimait dire que la mère de Keely oubliait toujours de "s'arrêter pour sentir les fleurs", l'une de ses expressions préférées. Comme avec beaucoup de discussions d'adultes, Keely n'était pas tout à fait sûre de ce que cela signifiait, mais elle pensait que c'était la raison de la tristesse de sa mère. Elle s'assurait de ne jamais oublier de s'arrêter pour sentir les fleurs, même en hiver, quand les seules qu'elle voyait étaient sans odeur, les violettes africaines sur le rebord de la fenêtre dans la salle de classe de quatrième année de Miss Viola Sponheimer.

Des bottes de cowboy vertes éraflées dépassaient d'un tableau d'affichage annonçant les événements de la communauté. Le propriétaire des bottes semblait absorbé par les détails concernant l'éradication de l'invasion de la teigne du mélèze et ne remarqua pas l'entrée de Keely. Sa chemise à petits carreaux rouges et bleus était soigneusement rentrée dans des Levi's bleu pâle bien usés, et l'odeur de son parfum citronné de drugstore atteignit le nez de Keely avant même qu'elle ne le voie.

"Oncle Don !" Les bottes et le corps long et maigre, plus grand que le chambranle de la porte qui les portait, faillirent être renversés par l'étreinte de Keely. "Où étais-tu ?" demanda-t-elle. "On ne t'a pas vu depuis une éternité."

Le frère aîné de sa mère tenta d'éviter de répondre en posant des questions. "As-tu pu faire du cheval ? Et ta bicyclette ? As-tu réussi à réparer ces deux crevaisons ?"

La réponse aux deux questions était la même - non - mais la tactique fonctionna, et Keely oublia ses propres questions. L'oncle Don était l'une des personnes préférées de Keely au monde, et il venait autrefois une fois par mois. Depuis qu'elle était née, c'était lui qui installait son train et s'amusait avec elle pendant des heures, les jambes et les pieds repliés les uns sur les autres, en tailleur. Il tordait sa bouche comme une trompette, aspirant ses joues pour émettre différents bruits pour la locomotive, les wagons et le fourgon, inventant des mélodies avec leurs sons. Le soir, il la bordait dans son lit et faisait le "5-5-5" : jouer de l'harmonica (chanter cinq mots, souffler cinq, chanter cinq) sa ballade préférée, "Danny Boy", avec ce twang country dans chaque bourdonnement jusqu'à ce qu'elle s'endorme. Il lui arrivait même de porter une longue moustache rouge qu'il tournait quand il chantait.

Keely observa son père entrer dans la pièce, un homme grand et mince avec des cheveux clairsemés sur le dessus, des taches de rousseur, son pantalon khaki toute l'année, et un cardigan bleu marine avec des patches en simili cuir sur les coudes - les patches étaient là pour cacher les endroits usés, pas pour faire une déclaration de mode. Dans l'ensemble, il semblait être un homme totalement ordinaire - jusqu'à ce qu'il sourit. Quand il souriait, la verdure de ses yeux pénétrait les regards ennuyés autour de lui, et son rire était contagieux - personne n'y échappait, pas même la mère de Keely. Cependant, ce n'était pas le moment de sourire, et il affichait une expression fermée avec une touche de tristesse dans ses yeux. Il se pencha, donna à Keely une rapide étreinte, caressa sa tête et chuchota à son oreille : "Gramms t'aimait tellement, et moi aussi. Je suis tellement désolé de ne pas pouvoir être là plus souvent pour toi, mais je dois travailler et cela signifie que je suis sur la route." Il s'éloigna et se redressa légèrement, essuyant une larme.

"Tu peux sortir et attendre dehors jusqu'à ce que tout soit terminé si tu veux. Ce seront probablement juste des affaires légales ennuyeuses, pas grand-chose pour intéresser une fillette de dix ans."

"C'est bon, Papa," répondit Keely. "Je veux écouter. Je n'ai jamais entendu la lecture d'un testament auparavant, et je promets de ne pas être une gêne." En outre, Keely voulait simplement être près de lui pendant les quelques jours où il serait à la maison, ce qui était généralement environ une semaine tous les deux ou trois mois. La mère de Keely arriva et s'engagea immédiatement dans une discussion adulte avec son père. Keely recula, hors de portée de voix, mais pas avant d'entendre les paroles de réprimande qui le bombardèrent pour avoir porté la chemise au col élimé pour que tout le monde puisse le voir.

Il était presque deux heures de l'après-midi, l'heure de la lecture du testament, lorsqu'un dernier homme rejoignit le groupe. Son apparence était digne d'attention. Dans l'esprit de Keely, certaines choses étaient tellement différentes qu'il était permis de fixer des yeux et de se remplir les yeux de nouveauté avant de se retrouver en difficulté. Le regard en valait la peine. Ce n'était pas seulement sa corpulence qui intriguait Keely ; c'était la couleur sable foncé de sa peau, le noir de ses yeux complètement sans cils, l'éclat du turban emprisonnant ses cheveux, et bien sûr, l'originalité de sa tenue. Ses vêtements semblaient être faits d'arc-en-ciel, si légers, si fins, comme s'ils étaient tissés par mille araignées travaillant sous son commandement après une averse orageuse. Et sur sa tête était enroulé un morceau de nuances de pourpre, un cobra enroulé, attendant de bondir. Des mèches de boucles noires et vertes échappaient à l'emprise du turban, restant indomptées ; sa peau respirait, chaque pulsation libérant des arômes inconnus, faisant renifler l'air à ceux qui l'entouraient. Les effluves étaient en fait un mélange de fleurs de pluie rares, trouvées sous les cascades, et d'écorce de buisson de jasmin. Le mélange unique chatouillait les nez et fronçait les sourcils de ceux dans le cercle le plus proche de lui - les froncements de sourcils inquiets se détendaient. Il tendit la main à Keely, dépliant de longs doigts et révélant une paume orange vif. Des picotements clignotants descendirent le long de l'échine de Keely alors qu'il parlait. "Comment ça va ? Tu dois être Keely," dit-il, tirant les mots, les laissant flotter dans l'air. "Je suis Simon."

La voix mesurée et formelle éveillait d'étranges souvenirs déchirés de rêves passés. Cependant, en serrant la main de Keely, elle se retrouva incapable de tisser les fragments déchirés ensemble. "Je ne crois pas vous connaître. Comment me connaissez-vous ?"

"Votre grand-mère était une amie spéciale que je connais depuis bien avant votre naissance. Elle me parlait souvent de vous, alors j'ai l'impression que nous nous sommes déjà rencontrés. Je possède désormais les anciennes Écuries Robin des Bois, récemment rouvertes sur un coin de l'ancienne propriété Sherwood."

Un soupir collectif parcourut la pièce à la mention du nom Sherwood. Le projet Sherwood était devenu l'un des plus grands scandales de l'histoire de Cootersville. Plus de cinquante pour cent de la ville avaient investi dans cette

Je m'appelle Simon.

transaction foncière, espérant une diversité économique et une sécurité financière. Cependant, les usines promises ne se concrétisèrent jamais, et la valeur du terrain chuta. Le père de Keely, parmi beaucoup d'autres, perdit son investissement. Le scandale s'intensifia lorsque l'on découvrit que M. Sherwood possédait également la propriété en Caroline du Sud où les usines furent finalement construites. La terre autrefois prometteuse se transforma en une verrue couverte de mauvaises herbes, et jusqu'à présent, personne n'avait manifesté d'intérêt pour son utilisation.

Alors que Keely ouvrait la bouche pour répondre, M. Smith annonça qu'il était prêt à lire le testament. Le groupe se déplaça dans un espace encore plus restreint, serré dans un bureau conçu pour deux. Debout sur les pointes des bottes de cowboy vertes d'Oncle Don, Keely s'accrocha à un vieux portemanteau en chêne pour se soutenir.

"Ne t'inquiète pas, Keely", assura Oncle Don. "Je ne te laisserai pas tomber. Continue à te tenir sur les pointes des bottes. Mes orteils ne descendent pas si bas de toute façon."

Le père de Keely avait raison ; une grande partie de ces formalités légales étaient assez ennuyeuses. La chaleur de la pièce, le bras d'Oncle Don autour de son épaule, son parfum réconfortant et la voix monocorde de l'avocat se combinaient pour l'endormir. Cependant, elle sursauta à la pleine conscience au son de son nom et au doux secouement d'Oncle Don.

"Et à Keely Rosalie Tucker, je lègue Mariah, ma jument appaloosa. Keely, elle est assez vieille, et tu dois bien t'occuper d'elle. Brosse-la et nourris-la tous les jours, et n'oublie pas de l'exercer. Même si elle est trop fragile pour que tu la montes, il faut la promener. Simon lui a donné une écurie et continuera à le faire tant que tu l'aideras avec Mariah et que tu nettoieras les écuries. Tu es une grande fille, Keely. Je ne confierais les soins de Mariah qu'à toi. N'oublie pas de croire que 'l'impossible est possible.' Crois en toi. Et n'oublie jamais, je t'aimerai jusqu'au bout du toujours."

L'avocat continua, "J'ai une dernière demande spéciale pour Maggie."

Maggie. Comme c'était étrange, pensa Keely. Elle ne se souvenait que d'une seule autre fois où sa mère avait été appelée Maggie au lieu de Margaret, le jour où son grand-père était décédé quelques années plus tôt. Elle jeta un coup d'œil à sa mère pour voir sa réaction et fut étonnée de la voir esquisser un sourire tendre qui adoucit ses yeux ; la couleur violet-gris étincela brièvement, invitant son père à prendre la main de sa mère et à la serrer fort. Keely pouvait à peine y croire.

"Maggie, s'il te plaît, laisse Keely garder Mariah. Je sais que tu te souviens de Mariah. Oui, c'est la même jument que tu as vu naître et que tu pensais que j'avais vendue il y a tant d'années. Je ne l'ai jamais vendue mais l'ai prêtée à Roger Keifer, l'homme qui a acheté le dernier des écuries et nos autres chevaux. L'accord était qu'il pouvait l'utiliser et garder tous ses poulains, mais je conservais la propriété de Mariah. Il m'a contacté il y a quelques mois, me disant qu'il ne pouvait plus la garder indéfiniment. Elle était trop vieille pour lui être utile maintenant, et il a demandé la permission de l'endormir. Je ne pouvais supporter cette idée, et j'ai appelé mon vieux ami Simon, qui a accepté de s'occuper d'elle. Simon a promis de l'écurer jusqu'à ce qu'elle meure naturellement, tant que Keely l'aide. Les écuries sont à vélo de la maison, et Keely pourrait apprendre tellement. S'il te plaît, Maggie, permets-lui de vivre l'expérience de Mariah."

"Cela conclut la lecture du testament", déclara l'avocat. "Y a-t-il des questions ?"

Il n'y en avait aucune.

Chapitre Quatre

Rencontrer Mariah

Deux semaines s'écoulèrent, mais pour Keely, cela semblait être une éternité. Sa mère finit enfin par accepter de laisser Mariah à Keely. Oncle Don répara non seulement les pneus à plat de six mois sur son vélo, mais lui enseigna également le truc de rouler sur des trottoirs élevés sans tomber. Il lui acheta une paire de bottes de cowboy vertes avec des coutures rouge vif déroulant sur les côtés, comme les siennes, disant à sa mère qu'une paire était une nécessité pour travailler dans une étable. Elle adorait ces bottes, même s'il était essentiel de les garnir de papier de soie aux extrémités et de porter deux paires de chaussettes épaisses pour les maintenir à ses pieds. Ensuite, Oncle Don l'emmena aux écuries de Simon pour lui présenter Mariah avant de partir dans sa semi-remorque, un dix-huit roues. Il était chauffeur routier et livrait des marchandises dans quarante-neuf États, tous sauf Hawaï, et il se dirigeait vers le Mississippi. Keely ne savait pas combien de temps il faudrait avant de revoir son oncle Don, mais il lui manquerait. Il était cool, ou *sababa*, comme disait Gramps. Keely ne savait pas d'où venait ce mot, mais il faisait toujours sourire Gramms quand il l'utilisait.

Oncle Don dit à Keely que sa mère et Mariah avaient été inséparables pendant le court laps de temps où Mariah était à eux, et que sa mère n'avait jamais pardonné à ses parents de s'en débarrasser. Oncle Don fut tout aussi surpris que tout le monde de découvrir non seulement que Mariah était en vie, mais que la famille la possédait toujours. Oncle Don serra fermement la main de Keely lorsqu'ils approchèrent de l'écurie de Mariah par cette matinée fraîche de septembre, le premier signe de l'automne qui arrive. La grange nouvellement peinte, le seul bâtiment fraîchement peint à Cootersville, se dressait sur le sentier portant sa cape verte forêt à la manière de Robin des Bois, cachée dans les arbres. Les deux portes étaient énormes, chacune divisée en deux, faisant quatre panneaux au total ; un immense X blanc marquait le centre, des carrés de marelle prêts pour un jeu. Une légère fissure brisait la façade lisse. Oncle Don et Keely poussèrent sur la fissure sans frapper. Les deux furent surpris par la brise fraîche qui les frôla et la douce odeur de foin fraîchement coupé qui emplit l'air. Leur anticipation grandit tandis que le duo clignait des yeux pour s'habituer à la lumière ombragée. À gauche des portes se trouvait leur destination, le box triangulaire, plus grand que la plupart, où était gardé le cheval de Keely. Un mors et une bride oscillaient doucement depuis des crochets muraux brillants, et une couverture pour chevaux usagée, à rayures roses lavande, était suspendue à la porte.

Il n'y avait aucun moyen pour Keely d'étouffer ces premiers

mots. "O-oh-oooh ! Elle est tellement incroyablement belle. Regarde-la, Oncle Don. Je n'ai jamais rien vu d'aussi époustouflant." Le grand-père de Keely lui disait qu'il y avait des moments où votre souffle vous était vraiment enlevé, juste pour un instant, parce que la surprise était si grande. Et c'était l'un de ces moments.

Mariah avait les écuries complètement pour elle et restait tranquille, semblant savoir qu'elle était le sujet de la conversation. Elle était presque d'un blanc pur, avec quelques taches d'argent des deux côtés et trois ou quatre éclaboussures sur son dos. Ses sabots étaient rayés verticalement, et dans la faible lumière de l'écurie, on aurait dit que des patchs de poussière d'or adhéraient à leurs rainures. Tant l'inclinaison de sa tête que sa crinière diaphane voilaient ses yeux jusqu'à ce qu'elle tourne son cou, fixant Keely droit dans les yeux.

"Oh, mon ciel", s'exclama Oncle Don. "J'ai complètement oublié ces yeux. Comment peut-on jamais oublier les yeux ?" Ils étaient d'un or sombre sans blanc, avec des reflets, ce qui les faisait ressembler à la peau polie d'un tigre. Lorsque Mariah cligna des yeux, Keely vit les longs cils noirs de charbon qui s'enroulaient et frôlaient les joues. La mâchoire de Keely tomba, seul mouvement ; ses bottes de cowboy la maintenaient cimentée à un seul endroit à côté du box. Mariah s'approcha d'elle et frotta son épaule, et une pensée heurta le sens d'inkle de Keely.

Des frissons parcoururent le dos de Keely, et quelque chose d'incroyable se produisit. Mariah lui parla d'une voix légèrement soufflée qui chatouilla les cils de Keely avant de glisser dans ses oreilles : "Keely, Keely, Keely, bien-v-e-n-u-e", chuchotèrent les mots à travers ses cheveux. "Je suis Mariah", continua-t-elle dans des trilles doux, mélodieux, semblables à un chœur de bois. "Mon nom signifie 'vent', ceux sauvages et solitaires qui chantent, chuchotent des secrets, touchent des déserts et forment des tourbillons dans les mers. J'attendais que tu viennes à moi depuis si longtemps."

Keely se retourna rapidement pour surprendre la réaction de l'Oncle Don, mais il se tenait calmement près de la porte de l'écurie, mâchant un brin de paille, agissant comme si rien d'inhabituel ne se passait. "Oh, Keely, t'ai-je jamais dit ce que signifie le nom de Mariah?"

"Non, Oncle Don, mais Mariah vient de me dire que son nom signifie 'vent sauvage.'"

"Ouais, bien sûr. Tu viens de rencontrer Mariah et elle te parle déjà," répondit-il. "Je ne sais pas qui t'a dit la signification du nom Mariah, mais je ne crois pas qu'un cheval qui parle soit ta source. Peut-être que ta mère avait raison quand elle a dit que tu as 'trop d'imagination,'" plaisanta-t-il. "Laisse-moi te montrer comment brider, brosser, et la nourrir, et ensuite je peux sauter dans mon camion et prendre la route. Je sais que Simon t'apprendra aussi ces choses, mais je peux te donner ta première leçon. D'accord ?"

"Chut, Keely," souffla Mariah. "La plupart des adultes ne peuvent pas m'entendre parler, et s'ils le font, ils pensent que ma voix est le cliquetis du vent frappant à leurs fenêtres, alors laissons nos conversations rester secrètes. D'accord ?"

"D'accord," répondit Keely, alors qu'Oncle Don et Mariah hochèrent la tête en signe d'accord.

Keely se concentra sur la leçon et apprit rapidement les tâches de base liées aux chevaux. Elle maîtrisa la technique du brossage et apprit comment mettre le mors et la bride, glissant la couverture à rayures sur le dos de Mariah. La première fois à l'extérieur de l'écurie, avant que Keely ne prenne les rênes, un Oncle Don souriant accompagna Mariah, qui atteignait presque son épaule, autour de la clôture non peinte entourant les écuries. Simon arriva, observa et complimenta Keely pour ses efforts. Les deux établirent son programme quotidien de travail, le coordonnant pour ne pas entrer en conflit avec l'école ou les tâches domestiques.

"Eh bien, Keely, je ferais mieux de partir pour mon voyage," dit Oncle Don. "Mon camion est prêt et en attente. Voici une carte avec mon numéro de téléphone portable personnel. Donne-moi un gros câlin. Si tu as besoin de moi, appelle-moi en PCV. J'essaierai de t'aider autant que possible. Ne laisse personne te traiter de stupide. Il n'y a pas beaucoup de gens qui pourraient apprendre ce que tu as appris aujourd'hui, en une seule leçon. Remonte ces épaules. Tiens ce menton haut, pas bas. Et n'oublie pas de prendre soin de ces bottes."

"Adieu, Oncle Don," dit Keely. "Merci d'avoir aidé maman à accepter que je garde Mariah. Je ferai de mon mieux." Ses mots ne révélaient pas les inquiétudes "et si" qui tourbillonnaient dans le creux de son estomac : *Et si je ne peux pas m'occuper de Mariah ? Et si maman se met en colère contre moi et me dit que je ne peux plus voir Mariah ? Et si je commets une erreur et tout gâche, comme je le fais toujours ? Et si j'oublie quoi faire ? Et si je panique ? Et si – ?*

Le lendemain, le père de Keely partit en voyage d'affaires, et l'humeur détendue de sa mère disparut avec lui. Keely écouta en silence la litanie des corvées de sa mère qui s'allongeaient. "Je t'ai dit, à partir de maintenant, tes nouvelles tâches quotidiennes incluent la serpillière dans la cuisine et — et — et — et la salle de bains, avant d'aller aux écuries. De plus, tous tes devoirs doivent être terminés en premier. Si tu ne peux pas faire ça, alors nous devrons dire à Simon que tu ne peux pas continuer à travailler aux écuries, et tout ce qui arrivera à Mariah sera ta faute. Je ne sais pas pourquoi je n'ai jamais accepté cet arrangement fou. Oh, et ta carte de notes — en dessous d'un C, et tu peux deviner le reste."

"Comme si je n'avais pas déjà suffisamment de tourments," murmura Keely en chevauchant son vélo et se dirigeant vers les écuries sous les premières lueurs de la lune. Elle ne remarqua pas le vélo noir qui la suivait rapidement, avec la canne de bois flotté qui pendait de manière menaçante des guidons.

"Excuse-moi d'être si tard, Mariah, mais la liste interminable des 'et' de maman s'allonge chaque jour davantage, et si mes résultats sont inférieurs à un C, elle ne me permettra plus de te voir. Tu sais quel genre de sorcière des mots je suis. Les lettres se mélangent sans cesse dans mon esprit. Même quand je les vois correctement, ma plume les embrouille sur le papier ! Et les maths cette année sont un cauchemar, avec des fractions, des pourcentages et des divisions. Je suis vraiment une sotte."

"Tu l'as dit, Sotte !" cria une voix menaçante et familière depuis l'entrée obscurcie par le crépuscule. "Qu'est-ce que tu caches ici ? Tu as un secret ? À qui parles-tu — une botte de foin ? Un mur ?" Le garçon continuait de claquer la canne dans la paume ouverte de sa main, mais le flot de paroles s'arrêta quand Darrell vit Mariah.

Ses paroles avaient paralysé Keely de peur alors qu'il avançait lentement vers Mariah.

Clonk, clonk, clonk! Le troisième clonk atterrit sur la porte de son box.

"Ne touche pas à un poil de sa tête !" cria Keely. "Elle est vieille et fragile. Ne la frappe pas, Darrell Foster."

Clonk, clonk, clonk. Trois autres atterrissent sur la porte de Mariah. Darrell, hypnotisé par les yeux de Mariah, ne dit rien, mais la canne de bois flotté continua son tintement, se rapprochant à chaque fois de la jument immobile.

"Frappe-moi, Darrell. Frappe-moi, pas elle ! S'il te plaît, Darrell, ne la frappe pas. Frappe-moi."

La voix paniquée de Keely pénétra l'état hypnotique de Darrell, et il se tourna lentement vers Keely.

"C'est ça, Sotte. Ce que tu veux, tu l'as." Il leva la canne bien haut pour maximiser la force du coup contre ses bras levés, formant un parapluie au-dessus de sa tête.

La canne n'atteignit jamais sa cible. Une tornade multicolore la saisit et l'envoya tournoyer dans les airs. Atteignant les poutres du grenier de la grange, la canne à tête de dragon explosa, se fragmentant en mille aiguilles qui se plantèrent dans les poutres noircies de goudron, fixées en plein centre, tremblant dans l'ombre. Des centaines d'aiguilles ratèrent la cible et mordirent la poussière dans une pluie d'éclats sur le sol.

"À présent, ce bâton ne vaut plus que pour des cure-dents !" tonna le dernier intrus de la grange. "Ne mets plus jamais les pieds dans mes écuries, et si je découvre que tu harcèles ou intimides Keely, Mariah, ou n'importe qui d'autre, je te trouverai. Fais-moi confiance. Tu ne t'en sortiras pas. Dégage d'ici." Et Darrell partit, aussi vite que ses jambes de brute le pouvaient.

Keely réalisa brusquement que les sanglots hachés venaient d'elle. Les épaules secouées, frissonnant, incapable d'arrêter les tremblements dans ses mains ou le tremblement dans sa voix, elle s'effondra dans l'étreinte moelleuse d'un arc-en-ciel. Des secondes passèrent, et avec un "soupir de cave," l'un de ces soupirs venant de plus profondément que la Chine, selon Gramms, les tremblements, la panique et les craintes s'évaporèrent, et même un petit rire s'échappa.

"Wa-ouh, je n'ai jamais vu Darrell bouger si vite," dit Keely. "Je peux presque rire — maintenant. Merci beaucoup, Simon. Ton timing ne pouvait pas être meilleur. Tu as sauvé Mariah et moi d'une raclée certaine. Je n'arrive toujours pas à croire que tu sois là, que tu sois venu à ce moment précis. Comment as-tu su ?"

"Ne t'en fais pas, Keely," répondit-il. "J'ai entendu ton cri de mon nom. Appelle-moi et je viendrai, quand tu auras besoin de moi, où que tu sois. Je suis ton arc-en-ciel, à ta commande. Bonne nuit." Et avec ces mots de séparation, légèrement staccato, il sortit de la grange aussi silencieusement qu'il était venu.

"Mariah, je ne me souviens pas d'avoir appelé Simon à l'aide," dit Keely. "L'as-tu appelé ?"

"Eh bien, Keely," dit une Mariah soulagée dans un tourbillon de brises qui balaya les écuries, "je pense que cela a pu être un effort conjoint de nous deux. Nous avons crié à l'aide avec nos pensées, et il nous a entendus. Mais maintenant, nous avons une autre inquiétude plus immédiate.

As-tu apporté tes mots d'orthographe et tes problèmes de mathématiques ? Voyons si mes yeux peuvent t'aider à démêler ces lettres et chiffres. Il est temps pour une leçon d'esprit formelle. "Au fait," continua Mariah, "avant que tu partes, rappelle-moi de te dire une nouvelle passionnante."

Chapitre Cinq

Miracles

Excitation n'était pas le mot que Keely choisit pour décrire la nouvelle de Mariah. Keely préférait le mot *miraculeux*. Mariah était enceinte. Elle allait avoir un bébé, un poulain. Mariah lui expliqua qu'il devait naître au début du printemps, mais en raison de son âge, elle aurait besoin de beaucoup d'aide de la part de Keely. "S'il te plaît, ne dis à personne, Keely. Toi et moi pouvons-nous en occuper, et si tu le dis aux gens, cela ne créera que des problèmes", plaida Mariah de sa voix chantante, légèrement éthérée.

Au cours des semaines suivantes, Keely parvint à suivre les conseils de Mariah, mais à mesure que l'abdomen de Mariah commençait à légèrement gonfler, elle trouva impossible de garder le secret. Elle bafouilla la nouvelle à sa mère et à son professeur, et elle appela même Oncle Don en PCV pour transmettre le message. Plus tard, elle aurait aimé pouvoir aspirer les mots, sucer chaque syllabe de leur mémoire. Personne ne la croyait, mais au moins Oncle Don était assez préoccupé pour appeler un vétérinaire et s'assurer que Mariah allait bien.

Le vétérinaire était le seul dans toute la vallée et avait une démarche distinctive. Ses épaules étaient voûtées, et il se pencha pour attraper son sac de médecin noir, couvert de rappels adhésifs jaunes, hâtivement griffonnés, de rendez-vous, avant d'entrer dans son box. Keely et sa mère se tenaient sur la barrière à l'extérieur du box de Mariah pendant que le vétérinaire procédait à son examen. C'était silencieux, à l'exception du tapotement nerveux de la botte de Keely contre la porte.

L'examen et les tests du vétérinaire confirmèrent que Mariah n'était pas enceinte. Ses paroles tournaient en boucle dans l'esprit de Keely : "Les chevaux de son âge accouchent rarement, mais quelque chose est en train de grandir en elle, et j'ai bien peur que ce soit une tumeur cancéreuse. Je suis vraiment désolé, Keely. Vous devrez l'endormir à mesure que la tumeur grossit et qu'elle commence à ressentir trop de douleur. Je n'ai jamais vu ce type de tumeur chez un cheval, mais elle est là néanmoins. Appelez-moi quand elle commencera à avoir des difficultés à respirer et que vous déciderez de l'abréger de ses souffrances."

La réaction de Keely fut explosive et déchirante. Se couvrant les oreilles de mains serrées — rouges de colère, craquelées par le nettoyage à l'ammoniac — elle ferma les yeux, mais ils se remplirent quand même d'un déluge éclatant. "Non ! Non ! Non !" cria-t-elle. "*Menteur! Tu es un menteur.*"

Le choix de ses mots était malheureux. Bien que le vétérinaire dise que c'était correct, qu'il comprenait à quel point elle était bouleversée et que cela n'avait pas d'importance, cela n'allait pas avec sa mère. "Keely, tu es punie pendant un mois. Tu peux évidemment aller à l'école, mais tu ne peux pas sortir, voir tes amis, aller au parc, travailler à l'écurie, ou voir Mariah. Je suis désolée, Keely. Vraiment." Quelque chose dans le ton, une certaine lassitude et tristesse qui persistait, fit que Keely regarda dans les yeux de sa mère — des larmes qui brillaient, non tombées, accrochées aux cils. D'autres mots restaient non dits, mais la douleur était partagée.

Keely refusa obstinément de croire en la prédiction funeste du vétérinaire. Ce même soir, elle était allongée sur sa couverture de patchwork de flanelles, disant à haute voix certaines de ses pensées en colère. "Oh, ce stupide vétérinaire est un idiot. C'est un menteur, il ne sait rien. Je suis tellement en colère que je pourrais cracher."

Le silence de la nuit fut rompu par les sons flûtés et soufflés de Mariah interrompant ses paroles. "Eh bien, Keely. Je suis là." Keely roula hors du lit, choquée, et se précipita vers la fenêtre, maintenant peinte au doigt avec du givre, le froid d'une première neige.

"Où ?" Elle luttait pour ouvrir le loquet gelé, regardant intensément la voûte étoilée, comme si l'une d'entre elles était Mariah.

"Pas là, bête. Je suis dans les écuries," gloussa Mariah. "Simon est mon nouvel ange gardien par intérim jusqu'à ce que tu puisses revenir. Ne t'inquiète pas, nous pouvons encore nous entendre et parler ensemble avec nos pensées. Simon me prépare une concoction secrète de vitamines et de miel pourpre-doré qu'il dit avoir personnellement récolté quelque part près du ventre d'un arc-en-ciel. Quoi que ce soit, le goût est délicieux. Il me promène un peu, mais seulement après que la lune soit descendue et que le soleil ne soit pas encore levé. S'il te plaît, ne te préoccupe pas du diagnostic du vétérinaire. Il a été très gentil mais il s'est trompé. Les vétérinaires ne savent pas tout."

L'annonce de Mariah n'était pas simplement excitante selon Keely, mais plutôt miraculeuse. Mariah attendait un poulain, portant la vie en elle destinée à voir le jour au début du printemps. Cependant, en raison de l'âge avancé de Mariah, Keely devait jouer un rôle crucial pour aider la future mère. "S'il te plaît, Keely, ne le dis à personne. C'est une responsabilité que nous devons assumer ensemble. Révéler notre secret ne ferait qu'attirer des complications indésirables", plaida Mariah d'une voix chantante et légèrement éthérée.

Au cours des semaines suivantes, Keely s'efforça de respecter l'imploration de Mariah. Cependant, à mesure que le ventre de Mariah commençait à gonfler subtilement, le fardeau du secret devint insupportable. Elle dévoila involontairement la nouvelle à sa mère, à son enseignante, et même à son oncle Don lors d'un appel en PCV. Plus tard, elle aurait souhaité effacer chaque mot prononcé, aspirant chaque syllabe de leur mémoire collective. Le scepticisme planait sur la réception de sa révélation, sauf pour l'oncle Don qui, préoccupé, fit venir un vétérinaire pour évaluer l'état de Mariah.

Le seul vétérinaire de la vallée, distinctif par un balancement particulier de sa démarche, arriva avec un sac médical noir hâtivement orné, sa surface marquée par des notes jaunes griffonnées à la hâte. Keely et sa mère se tenaient à l'extérieur de l'enclos de Mariah pendant que le vétérinaire procédait à son examen. Une tension étouffée imprégnait l'air, accompagnée uniquement par le bruit nerveux des tapity-tap-tap de la botte de Keely contre la barrière. Le diagnostic du vétérinaire, prononcé après l'examen et les tests, pulvérisa l'optimisme de Keely. "Les chevaux de son âge donnent rarement naissance. Néanmoins, quelque chose se développe en elle, et je crains que ce ne soit une tumeur cancéreuse. Je regrette de vous informer, Keely, que vous devrez éventuellement la faire euthanasier à mesure que la tumeur progresse, provoquant une douleur insupportable. Je n'ai jamais vu une telle tumeur chez un cheval, mais elle est indéniablement là. Appelez-moi quand elle aura du mal à respirer, et vous déciderez de mettre fin à ses souffrances."

La réaction de Keely fut viscérale, une explosion déchirante de déni. Elle se boucha les oreilles avec des mains serrées, rouges d'ammoniac, les yeux étroitement fermés, mais les larmes coulaient sans retenue. "Non ! Non ! Non !" cria-t-elle. "Tu mens ! Tu es un menteur."

Son choix de mots fut malheureux. Malgré les assurances du vétérinaire selon lesquelles c'était acceptable, qu'il comprenait sa détresse et que cela n'avait pas d'importance, sa mère était impitoyable. "Keely, tu es privée de sortie pendant un mois. Tu peux aller à l'école, mais pas d'activités en plein air, pas d'amis, pas de parc, pas de travail à l'écurie et surtout, pas de visites à Mariah. Je suis désolée, Keely. Vraiment désolée." Un sentiment subtil de lassitude et de tristesse persistait dans les paroles non prononcées de sa mère, laissant Keely se réfugier dans sa chambre, ornée de sacs en papier brun et de rêves d'étoiles, de arcs-en-ciel et de cascades.

Le mois s'acheva enfin, et Keely se précipita pour retrouver Mariah, les poches remplies de sucres et de carottes. En ouvrant la porte de l'écurie, ses yeux s'élargirent de choc qu'elle ne pouvait dissimuler et de peur qu'elle ne prononcerait pas. "Les changements sont — ils sont — peut-être les..." Et d'un coup, elle bloqua les mots supplémentaires des pensées qu'elle savait que Mariah entendait. Le pelage de Mariah, autrefois blanc, brillait maintenant d'un argenté, sa crinière pendait mollement comme une serpillière humide, et ses yeux de tigre trahissaient une douleur qui reflétait celle de Keely. Son estomac était gonflé, mais c'était la teinte déconcertante de son pelage qui captivait l'attention de Keely - une tache irrégulière d'un vert-violacé, assez éclatante pour refléter la main de Keely alors qu'elle s'approchait pour caresser Mariah.

La transformation inattendue incita Keely à chanter, sa mélodie ressuscitée des souvenirs enchantés du jardin de sa grand-mère. Les vers mélodieux, associés au toucher délicat de Keely, apportèrent un réconfort à Mariah, et la douleur disparut momentanément de ses yeux.

"Mariah, souffres-tu trop ? Que puis-je faire pour toi ? Comment puis-je aider ? Quelque chose a-t-il mal tourné ? Je ne comprends pas. Tu ne m'as jamais parlé d'une telle douleur lors de nos conversations du soir."

"Keely, ne t'inquiète pas", rassura Mariah. "Je vais bien maintenant que tu es là. Tout ira bien. J'ai légèrement mal évalué la date de naissance du poulain. Je ne peux pas préciser le jour exact, mais ce sera bien plus tôt que prévu. Le poulain grandit rapidement, rendant parfois difficile ma respiration, d'où les soupirs fréquents", rit Mariah. "Simon sait quoi faire. Écoute-le et aide-le quand le moment viendra. Après tout, ce sera le dernier. En ce moment, ton contact est exactement ce dont j'ai besoin. Continue de caresser mon bébé ; tu lui apportes la tranquillité. Ne sens-tu pas ses mouvements sous ta main ? Elle aime ça." La voix de Mariah bruissait doucement, ses sons tourbillonnant comme des vents capturés dans un coin ombragé.

Keely ressentit effectivement les mouvements du poulain alors que ses doigts suivaient la bosse croissante, éprouvant un profond sentiment de paix et d'harmonie. Finalement, Mariah s'endormit, et Keely, chantant et caressant, se retrouva plongée dans un pays des rêves où les vents sauvages tourbillonnaient au milieu des dunes rouge.

Entrant silencieusement dans l'écurie, Simon toucha délicatement les mèches de cheveux de Keely, la réveillant de cette rêverie. Il communiqua par la pensée, suggérant qu'elle rentre chez elle pour le moment, l'assurant qu'il la rappellerait si quelque chose se produisait. Cédant à l'épuisement, Keely succomba au sommeil en atteignant son lit, où elle aperçut l'arc-en-ciel - une vision qui évitait les rêves, offrant du réconfort à travers ses couleurs rayonnantes. Le sommeil l'enveloppa, et dans ses replis, elle vit l'arc-en-ciel, mais les rêves lui échappèrent.

Chapitre Six

Les Suceurs De Temps

L es semaines suivantes s'écoulèrent comme un tourbillon, comme si un de ces vers à épices aspirait le sable dans le sablier de Gramps. Depuis qu'il était malade, Gramps racontait à Keely qu'un ver à épices issu de ce *"foutu livre Dune"* s'était échappé dans leur propre sablier, celui qui mesurait près de trois pieds de haut et qu'il avait construit, rempli de sable rouge scintillant collecté dans les dunes d'Arabie saoudite. Ce n'était pas un sablier de soixante minutes, comme la plupart, mais un design spécial, prenant au moins un mois pour que le sable glisse d'un côté du verre à l'autre. Il trônait sur une étagère au-dessus du seul téléviseur de la maison, encadré par les anciens guides touristiques de Gramps sur l'Asie, l'Amérique du Sud et le Moyen-Orient. La pièce était tapissée de panneaux imitation bouleau légèrement déformés, de nuances dépareillées, une promotion à 50% de chez Home Depot.

Derrière le canapé usé, enveloppé dans une housse de

protection en vinyle qui l'avait préservé des déversements pendant plus de dix ans, on pouvait voir un petit carré de deux pieds carrés, une tache nue de mur où Gramps avait épuisé son stock de lambris. Elle restait cachée, et personne n'y prêtait attention. Lorsque les enfants ou les adultes s'asseyaient par temps chaud en été, en automne ou en hiver, leur dos et leurs jambes exposées adhéraient instantanément à la housse en plastique à cause de la sueur dégoulinant de leurs cous. À gauche et à droite du canapé se tenaient des tables de chevet non assorties, souvent éraflées par des verres frappant les surfaces en bois factice. Des anneaux blancs étaient imprimés dans le grain par des verres aux fesses mouillées pendant les émissions de télévision - la lueur étant renouvelée chaque semaine avec quelques pulvérisations de poil à gratter et à recouvrir Old English. La zone télé servait également de salon lorsque des invités venaient, donc même si elle était rarement utilisée, elle était tenue en ordre, "au cas où" des invités se présenteraient.

Gramps détestait le ver à épices dans son "sablier" et l'accusait d'être une sangsue géante, suçant le sable, le faisant glisser trop rapidement, volant son temps. Maintenant, on aurait dit qu'il mangeait le temps de Mariah. Chaque jour, elle devenait plus faible et la bosse devenait plus grosse, mais Keely écoutait les paroles que Mariah prononçait - des paroles apaisantes, toutes les paroles du ne-t'inquiète-pas, tout-ira-bien. Keely voulait la croire - et elle le faisait.

C'était la nuit d'une pleine lune, et la lumière filtrait à travers les rideaux de mousseline usés, repris avec une interférence thermocollante, la réponse de sa mère aux trous. Des doigts de glace en dentelle coinçaient les carreaux, et le seul son était le léger bruissement du vent.

Keely, viens à moi. C'est le moment. Viens à moi. Viens à moi. Les pensées de Mariah bourdonnaient à son oreille.

Réveillée en sursaut, Keely s'habilla rapidement, enfila un jogging et un sweat-shirt par-dessus son pyjama. Elle prit le temps de mettre deux paires de chaussettes avant de glisser ses pieds dans les bottes de cowboy vertes désormais bien éraflées. La panique emplissait son esprit, et les pensées volaient non dites.

C'est le moment. Oh, non. C'est le moment. À l'aide. Oh, aide-moi, s'il te plaît. Simon, viens. S'il te plaît, viens. Oh, aide-moi. Mariah, n'aie pas peur.

"Je me demande vraiment si elle n'a pas autant peur que moi", pensa Keely en pédalant sur le sol, encore recouvert de cette neige de glace croustillante, le genre qui ne convient ni aux bonshommes de neige ni aux anges de neige et qui est seulement bonne pour piétiner la glace. Plus tôt dans la journée, Keely et quelques amis du quartier plus jeunes étaient allés piétiner la glace, sautant d'une marche à l'autre, écrasant la glace en empreintes de pas gigantesques dans tout le parc. Ensuite, ils tourbillonnèrent et suivirent le monstre jusqu'à sa tanière. Les pneus de Keely sautaient dans et hors du chemin marqué par les empreintes du géant. Elle pensait entendre les pas du monstre la poursuivant et pédalait encore plus furieusement, ne réalisant jamais que le bruit sourd ne venait pas de derrière elle mais était en elle.

Une lueur de lune saphir jaune rarement vue éclairait les écuries, et des feux d'artifice d'étoiles éclataient dans le ciel hivernal. La ceinture d'Orion se desserra, et la Grande Ourse débordait de arcs-en-ciel. Keely atteignit la porte de l'écurie au même moment que Simon. "Je suis venu, Keely. J'ai entendu ton appel. Ne sois pas effrayée ; tout ira bien." Keely agrippa son bras pour se soutenir alors qu'ils se précipitaient vers le box de Mariah.

Mais tout n'allait pas bien ; en fait, tout allait mal. Une lueur bleu orchidée étrange semblait entourer Mariah alors qu'elle gisait gémissante sur un tas de paille dans l'ombre. La tache en puzzle avait grandi, étirant la peau jusqu'à ce qu'il semblât qu'elle éclaterait au moindre souffle. Des halètements superficiels et saccadés exprimaient la douleur de Mariah. Keely écarta immédiatement ses mains sur trois octaves et fit courir ces mélodies anciennes sur les renflements lumineux, chantant doucement tout en jouant. Mais elle ne put arrêter l'averse de larmes qui s'abattait de ses yeux ; ses doigts ne purent empêcher les derniers grains de sable d'être aspirés du temps de Mariah. "Amour - amour - amour pour toi, Mariah. Amour - amour - amour pour toi."

Les paroles de Simon la ramenèrent à la réalité. "Keely, aide-moi. Nous devons agir rapidement si nous voulons sauver le poulain. Il mourra si nous ne l'extrayons pas de Mariah tout de suite. Fais exactement ce que je dis. Appuie sur la plus grosse bosse. Appuie de toutes tes forces. J'essaierai de sortir le poulain."

Les yeux de Mariah s'ouvrirent légèrement et, l'espace d'un instant, brillèrent de sa vieille détermination. "Je t'aiderai, Keely", murmura-t-elle. "C'est mon moment ; c'est pourquoi je suis ici. Appuie, Keely. J'appuierai aussi." Et Mariah le fit.

"La tête du poulain est si grosse", dit Simon. "Je ne peux pas la sortir sans... sans—" Il laissa la phrase inachevée, mais

Keely comprit le reste.

"Fais-le, Simon", dit-elle. "Mariah sait."

Ils travaillèrent fiévreusement pendant plusieurs minutes, et la lueur bleu orchidée se répandit, recouvrant tout le box. Des traces de musique mélodique - luths, piccolos, flûtes, cordes - gonflèrent en crescendo en arrière-plan. "Regarde ça, Keely. Regarde ça !" Simon câlina le poulain fraîchement né, l'oreiller dans l'arc-en-ciel de ses bras.

À ce même instant, une brise légère souffla autour d'eux, touchant leurs sourires et froissant le poil le long du cou du poulain. "N'est-elle pas belle, Keely ?" murmura le vent en se précipitant dans les poutres vers les étoiles, vers l'iris arqué de l'arc-en-ciel en attente et au-delà. "Prends soin d'elle. Aime, aime, aime-la."

La tristesse de Keely et de Simon voyageait dans le creux du soupir, la joie remplissant l'espace vide à chaque souffle du miracle maintenant allongé dans les bras de Simon. Mariah était partie, mais le souvenir d'elle restait.

La robe blanc pur du poulain avait une teinte bleuâtre, qui semblait scintiller même dans la faible lumière des écuries. Sa tête était surdimensionnée et vacillait un peu de côté à l'autre. Elle préférait la peloter contre le bras de Simon plutôt que de la tenir droite et de regarder autour d'elle. Cependant, la vacillation était oubliée dès qu'elle ouvrit les yeux. Des yeux violet vif, sans blanc, avec des centres en forme de fleur inconnue, remplis d'or en pot, fixèrent Keely et Simon. Ils s'émerveillèrent tous les deux immédiatement et ressentirent immédiatement une présence spéciale dans ce petit poulain, quelque chose de différent, même de Mariah. Le sens d'inclinaison de Keely était en alerte maximale, et l'air vibrait de joie.

La profondeur de la voix de Simon, semblable à des murmures lointains étouffés d'une grotte éloignée, tira Keely de l'emprise des yeux. "Keely, c'est maintenant le moment pour toi de rentrer chez toi. Je m'occuperai du poulain et enterrerai Mariah dans un endroit spécial loin d'ici. Appelle le vétérinaire demain matin. Nous avons besoin de lui pour examiner le poulain qui était impossible. C'est une bonne idée de le faire vérifier et de s'assurer qu'elle va bien. Es-tu d'accord ?"

"D'accord, je suis d'accord si tu le dis", marmonna Keely. Elle n'était pas du tout convaincue que le vétérinaire serait meilleur cette fois-ci qu'avec son dernier diagnostic.

Chapitre Sept

Croire

Le bourdonnement étouffé du répondeur devint audible après le quatrième anneau, et dans la hâte, Keely versa ses paroles. "Rendez-vous aux écuries à 10h00, Dr. Wright." Elle envisagea de le baptiser Dr. Faux, mais s'abstint, craignant que sa mère ne le considère comme de l'insolence. *"Je ne veux vraiment pas risquer de me faire punir à nouveau,"* pensa Keely en reposant délicatement le combiné.

La pointe usée d'une botte verte poussa la porte moustiquaire entrouverte, les bras de Keely chargés d'un assortiment d'objets, parmi lesquels des couvertures en coton tachées au-delà de toute réparation et une vieille lampe en céramique verte, légèrement fissurée mais toujours utilisable, avec son propre abat-jour brûlé par le soleil, que Gramms appelait abat-jour jouant au pied avec les ampoules et finissant par des taches noires rondes. Une lanterne abandonnée, à moitié pleine d'huile et devenue verte par des années de "non-utilisation", fit également son apparition.

Presque la totalité du contenu du grenier était classée par sa mère comme des objets "inutiles" - son euphémisme pour désigner des choses inutiles. "C'est parfait pour les nuits sans étoiles", murmura Keely. La véritable découverte, cependant, provenait du coffre du grenier de Gramps - un tapis légèrement élimé assez grand pour deux personnes. Son centre portait les marques d'une usure considérable, et des emblèmes énigmatiques étaient tissés en une chaîne ininterrompue, tourbillonnant des bords extérieurs en cercles de plus en plus petits jusqu'à ce qu'ils disparaissent dans une minuscule particule dorée au centre.

La mère de Keely approuva le butin de sa chasse au trésor et, dans un rare acte de bienveillance, manifesta sa joie à l'annonce de la naissance du poulain. Elle fouilla elle-même le grenier et dénicha des biberons en verre dans un coffre en osier toujours strictement interdit à Keely. Distraite par son environnement, elle trébucha sur un tas de vieilles photos poussiéreuses, dont une d'elle-même, Gramms, dans sa jeunesse, tenant sa fille minuscule pour un double frottement de nez et une inspiration des fleurs suspendues dans le jardin.

"Keely, il est vraiment temps pour moi de faire le ménage dans mes vieilleries aussi", déclara-t-elle. "Je suis sûre que le poulain en aura besoin puisqu'il a perdu sa mère." Cependant, après avoir prononcé ces mots et avoir remis les biberons à Keely, elle referma fermement le couvercle du coffre en osier doublé de bleu, le poussant une fois de plus dans les profondeurs du grenier. Des mains poussiéreuses essuyèrent deux larmes furtives alors qu'elle descendait les escaliers du grenier. Ce n'était pas encore le moment pour sa mère.

Keely rassembla tous ses trésors dans les compartiments dédiés par Gramps de son fidèle et fatigué wagon Radio Flyer, qui servait souvent de Chariot Rouge en cas de besoin, et c'était un moment de besoin. Gramps avait installé des cloisons spéciales pour qu'elle puisse transporter ses affaires sans qu'elles ne roulent partout et ne se mélangent. Elle était si attentive à s'assurer que l'abat-jour brûlé par le soleil ne soit pas écrasé et que les biberons et la lanterne soient enveloppés dans les couvertures qu'elle n'a pas remarqué la bande étrange qui l'attendait. Meowcher, le chat calicot énorme du voisin d'à côté avec le visage entièrement noir et la queue rayée de tigre, et Growler, le teckel à poil long tacheté de Dalmatien du même voisin, se tenaient tranquillement à côté du vieux wagon rouge. La paire semblait si étrange, comme si elle était figée au garde-à-vous, attendant ses ordres. Meowcher avait dû brancher sa queue dans une prise électrique parce que sa fourrure et chaque vibrisse se dressaient, correspondant à sa queue point d'exclamation (!), qui ressemblait habituellement à un point d'interrogation (?). Growler, eh bien, Growler était juste Growler, mais ses oreilles et sa queue tachetées d'encre avaient été soit trempées dans de l'amidon, soit flashées dans la position droite et verticale.

"Bonjour les gars. Quoi de neuf, à part vos queues ?" rit Keely. "Vous voulez venir voir quelque chose de vraiment spécial ? Si c'est le cas, suivez-moi. Nous partons aux écuries."

Keely attacha son chariot de wagon à son vélo, le fixant solidement sur le porte-bagages arrière, et roula lentement le long du chemin cahoteux jusqu'à l'écurie du poulain.

Meowcher et Growler étaient ses soldats, gardant l'arrière avec leurs queues au garde-à-vous.

Ils arrivèrent juste au moment où le vétérinaire se gara dans sa vieille Chevrolet break qui était plus ancienne que Keely, avec une paire d'immenses pancartes fluorescentes orange de deux pieds de long sur les côtés, annonçant bruyamment son arrivée. Le grand-père de Keely appelait ces pancartes une horreur. Elles faisaient mal aux yeux parce qu'elles étaient si énormes et orange. Bien sûr, Gramps n'avait jamais hésité à utiliser des aimants plus petits de Domino's ou Pizza Hut pour accrocher des notes importantes sur la porte du réfrigérateur. Cependant, quelqu'un avec un sens de l'humour malicieux avait encore joué avec les aimants du Dr. Wright ; l'un reposait sur l'autre, formant un énorme 'X' sur le côté passager tout éclaboussé de boue de sa voiture, et Keely pencha la tête sur le côté pour déchiffrer les mots :

"Oui, on dirait que le Dr. Wrong était là," murmura Keely à voix basse, pour elle-même.

Keely, Meowcher et Growler suivirent le Dr. Wright dans

l'étable, Keely traînant le chariot chargé derrière elle. Keely était émerveillée de voir le poulain debout, la tête toujours penchée sur le côté tandis qu'elle suçait avidement une sorte de mélange laiteux d'un grand biberon bleu couvert de petits blocs alphabétiques que Simon tenait. Dans l'autre main, il tenait une bouillotte rouge en caoutchouc enveloppée dans une vieille serviette jaune contre une zone enflée sur la tête du poulain. De la vapeur s'échappait de la bouteille bombée, mais la chaleur ne dérangeait pas le poulain. Elle aimait la chaleur et commença à frotter l'endroit enflé contre le point chaud dans la paume de Simon, maintenant un rythme régulier tout en tétant. Des gouttes s'échappaient des coins de sa bouche, et des éclaboussures de formule éclaboussaient son nez, le sol et les pieds de ceux qui étaient les plus proches.

Simon avait tenu parole et avait emmené les restes de Mariah dans un endroit spécial loin d'ici. Le mélange des douces odeurs de paille fraîche et de lait chaud exhalant un parfum inconnu remplissait l'écurie. Meowcher, Growler et Keely, remarquant le parfum, penchèrent la tête à l'unisson, humant l'air. *Hmm, quelle merveilleuse odeur*, pensa Keely. *Je me demande ce que c'est?*

"Moi auss-i, vous autres," déclara Meowcher. Sa langue rugueuse léchait les gouttes éparpillées devant elle.

"Et moi trois," aboya Growler d'une voix si grave et éraillée que les mots bourdonnaient comme des cordes d'une guitare basse.

Keely était sous le choc. Elle avait entendu à la fois les paroles prononcées et les pensées non exprimées de Meowcher *et* Growler. *C'est* vraiment *étrange ;* peut-être que *c'est mon imagination. J'ai vraiment cru entendre Meowcher et Growler s'interroger sur l'étrange odeur.* Elle fixa intensément le duo toujours au garde-à-vous à ses pieds.

"Vous l'avez fait," ronronna Meowcher. Il était évident que Meowcher était une chatte sudiste, une charmeuse ; elle parlait lentement, tirant ses mots en deux syllabes au lieu d'une. Elle se pavanait au lieu de marcher et faisait attention à ses manières lorsqu'elle articulait *ses remerciements* et *ses vous autres*. Ses propriétaires l'avaient sauvée d'un refuge pour animaux, où elle avait été abandonnée par des gens "pas chanceux", comme Meowcher aimait à dire. Elle entrait dans cette cat-égorie de chat magnifique, et son langage distinctif et délicat plein de vous autres et de g's manquants de ses -ings la rendait mystérieuse. Ses propriétaires précédents étaient une famille d'affaires riche qui avait perdu son argent en période difficile. Ils avaient abandonné leur manoir sur une colline, la ville et Meowcher. Depuis le jour où Meowcher avait été sauvée, elle avait créé un lien avec sa nouvelle famille et s'était immédiatement liée avec le négligé Growler, devenant sa compagne constante lors de chasses quotidiennes dans le quartier. Sa voix grave évoquait pour Meowcher les chanteurs de blues jazzy qui se produisaient lors de concerts en plein air à La Nouvelle-Orléans, auxquels elle assistait chaque année avec ses anciens propriétaires. Meowcher était née à La Nouvelle-Orléans, ses propriétaires l'avaient achetée à un éleveur de chats lors de l'un de ces voyages estivaux. Elle avait écouté un imitateur de Louis Armstrong et quelqu'un appelé Tina grogner ensemble au micro lors de ce premier voyage, et c'est ainsi que l'amour de Meowcher pour les ronronnements et les grognements

En route vers les écuries

du jazz était né.

Tous deux formaient un couple inhabituel et avaient pris Keely sous leur aile, reconnaissant la démarche triste et solitaire de cette dernière. Ils la suivaient pendant des mois, offrant leur compagnie en silence, apparaissant toujours lorsque Keely frappait des boîtes dans la ruelle, sautait des cailloux dans le fossé d'irrigation ou errait seule dans des terrains jonchés de débris. Keely s'était habituée à leur simple présence ; elle y trouvait du réconfort.

"Yep," répondit Growler dans son grognement profond et rauque, qui faisait vibrer les oreilles de Meowcher. "Tu as bien entendu."

Avant que Keely ait eu le temps d'assimiler ces nouveaux phénomènes, elle entendit la réponse à leur question. "C'est l'essence des fleurs de frangipanier et des nodules fondus de cloques de baume", dit Simon doucement pour ne pas perturber la tétée du poulain. Keely secoua la tête et fixa Simon pour voir s'il avait réellement parlé ou si elle avait entendu ses pensées. Elle fut soulagée de constater que ses lèvres bougeaient et que les mots étaient des mots "dans l'air", comme dirait sa grand-mère, et non simplement des pensées.

L'exclamation du Dr. Wright interrompit les pensées de Keely : "Eh bien, je n'y attendais pas ! Cette vieille a encore une portée en elle. Laissez-moi la regarder, Simon. Je dois admettre que, on dirait que vous et Keely avez fait du bon boulot." Keely grimaça à l'expression "bon boulot", même si elle savait que cela signifiait une tâche bien accomplie. Cela sonnait mal et lui rappelait Darrell.

Le Dr. Wright repoussa son chapeau de cowboy en paille

taché d'huile, rarement quitté de sa tête presque chauve. Il se dirigea vers Simon, retira la bouteille d'eau chaude et se mit à tâter la grosse bosse gonflée sur la tête du poulain. Il ne dit rien, mais son froncement de sourcils parlait à sa place. L'examen du vétérinaire se poursuivit dans un silence total, tenant la tête du poulain droite, observant son inclinaison immédiate lorsqu'il la lâchait, palpant ses membres, soulevant ses pieds, et même inspectant sa gorge. Il revint ensuite à la bosse, la massant, la poussant, la mesurant. Le poulain ne semblait pas se soucier de toutes ces palpations, essayant de renifler la main du Dr. Wright et de téter ses doigts.

"Eh bien," aspira le Dr. Wright. Il avait l'habitude d'étirer les mots de mauvaises nouvelles en aspirant lentement l'air, gonflant à la fois ses poumons et son ventre, reposant sur une boucle de ceinture argentée surdimensionnée en forme de tête de bouledogue. "Ça ne s'annonce pas bien. Cette pauvre bête a une tête déformée, bien trop grosse pour son corps. Elle ne peut même pas tenir sa tête droite. Pour aggraver le problème, voyez cette énorme bosse en plein milieu de son front ? L'os est déformé. Il y a tellement de malformations qu'elle aurait dû mourir avant la naissance et ne peut certainement pas vivre très longtemps. Je recommande que vous me laissiez la faire endormir tout de suite, ainsi il n'y a pas de temps pour s'attacher. Je promets d'être rapide, et elle ne ressentira rien. Si vous ne faites pas ça, elle pourrait souffrir et mourir dans beaucoup de douleur. Elle ne peut survivre plus que quelques semaines tout au plus, alors laissez-moi la libérer de sa misère. Je le ferai même gratuitement puisque je me suis trompé au sujet de sa mère." Il finit en crachant le discours de mauvaises nouvelles et regarda Keely et Simon pour leur réponse.

Simon saisit rapidement et fermement l'épaule de Keely, la pression faisant taire les mots qui s'apprêtaient à s'échapper de ses lèvres. Les bobines torsadées sur sa tête palpitaient, émettant une lueur silencieuse alors qu'il parlait lentement avec ces tons mesurés, lourds, ceux avec l'écho. "Cela (cela)—sera (sera)—tout (tout), Doc (Doc)—teur (teur)," commença-t-il. "Nous n'avons plus besoin de vous. Merci. Au revoir."

Quelque chose dans la cadence et le rythme des mots étouffa toute protestation du Dr. Wright. Il ramassa son sac noir et quitta l'écurie en marmonnant : "Gens ridicules. Vous essayez d'aider, et voilà les remerciements que vous obtenez."

Les portes de l'écurie se refermèrent, Simon se tourna, sourit et dit : "Aha. D'abord, effacez les mots du Dr. Wrong. Il est à nouveau confus." Puis il continua avec une question : "Mes 'Trois Mousquetaires', êtes-vous prêts pour vos ordres ?"

Keely sourit à Simon. Elle n'était pas sûre de ce que cette expression signifiait, mais elle s'inclina dans un geste moqueur d'obéissance envers Simon. Meowcher et Growler suivirent son exemple, tous trois raclant le sol et riant à l'unisson. "Nous sommes à vos ordres, ô puissant."

"Eh bien, eh bien, eh bien, une véritable armée, je dois l'admettre. Keely, je vois que ta bouche est grande ouverte de stupeur à ce que tu entends. Avant, tu ne comprenais que la voix de Mariah, mais maintenant ton esprit et ton cœur sont ouverts aux sons du 'possible'—écoute, apprends, ris et aime, les quatre L du monde. Meowcher et Growler ont toujours compris tes mots et tes pensées, et maintenant tu peux les entendre aussi. Permettez-moi de vous présenter

Crea, la fille de Mariah. Son prénom rime avec Leah, comme dans la Princesse Leia de Star Wars."

"Crea. Crea. Crea." Des morceaux d'un rêve oublié, inoublié, piquèrent l'esprit de Keely, et les mots de Gramms lui donnèrent des frissons sur les bras et à l'arrière de son cou : *Crois. Crois. Crois.*

Elle frissonna en se remémorant. *Ça doit être encore mon sens inkle*, pensa-t-elle, et elle ferma les yeux un instant. Keely poussa un de ces soupirs de cave et prononça les mots, "Je le crois. Je le crois. Je le crois."

Et elle le faisait.

Les paroles suivantes de Simon étaient superflues pour Keely. "Son prénom signifie—"

"Crois !" crièrent en chœur Meowcher, Growler, Keely et Simon simultanément.

Les quatre passèrent les heures suivantes à décharger le Chariot Rouge et à réorganiser l'enclos de Crea. La lampe légèrement fissurée, ombragée par le soleil, se dressait sur une table basse branlante que Simon avait sauvée de la décharge, avec des pieds aussi tremblants que ceux de Crea. Sous la lueur réconfortante de la lampe, ils placèrent trois biberons fraîchement lavés remplis du mystérieux mélange de Simon.

La lanterne, n'étant plus abandonnée, pendait à une chaîne rouillée qui oscillait depuis le plafond. C'était l'un des endroits secrets où Gramps suspendait les pots en laiton de Gramms ; Gramms s'occupait des fleurs fuchsia rose-violet et les faisait pousser dans des endroits inattendus. Elles fleurissaient partout tant que Gramms les arrosait et leur chantait. Quand la mère de Keely avait à peine deux ans, elle était la meilleure aide de Gramms. Une des photos poussiéreuses dans le grenier montrait une petite fille debout sur la pointe des pieds, étirant son arrosoir vers les fleurs, et le filet d'eau touchait à peine le fond des pots suspendus — le plus haut que Maggie pouvait atteindre ! "Sens les fleurs, Maggie," disait Gramms, et puis elle la tenait si près que les fleurs chatouillaient son nez. Cependant, les fuchsias avaient disparu lorsque Mariah avait été donnée il y a si longtemps, et la chaîne était tout ce qui restait.

"C'est le crochet parfait pour la lanterne," commenta Simon, en souriant pour lui-même.

Meowcher et Growler firent étalage de leurs talents de nidification en ronronnant et en griffant le tas de couvertures en une lit douillet où Crea reposait désormais. Meowcher et Growler somnolèrent silencieusement de chaque côté de Crea, chacun avec un œil ouvert—comme les sentinelles du Sphinx en Égypte gardant leur trésor. Simon utilisa une vieille cravate pour attacher une bouillotte nouvellement remplie, enveloppée dans une serviette, à la bosse de Crea. La bosse semblait devenir plus grosse au lieu de diminuer, mais Crea aimait la chaleur et continuait de frotter la zone contre la barrière de son enclos. Elle mesurait presque jusqu'à la troisième barrière, environ trente pouces de haut selon le vétérinaire.

"Cette bosse démange et démange et démange," gloussa Crea. Son rire était léger aux oreilles, vibrant comme des gouttes de pluie sur l'eau, et sa voix différait de celle de Mariah, qui résonnait toujours comme le vent. Celle de Crea avait un ton aigu, féminin et étincelant qui semblait être celui de fleurs chuchotant après leur ouverture un matin de printemps. Il y avait un léger bruit de chuintement sous chaque mot.

"Je parie que ça ressemble à une piqûre de moustique géant," s'exclama Keely. "Ça devient vraiment rouge en colère et commence à bomber comme la bouillotte. On dirait qu'elle pourrait éclater. Si elle éclate, je suis sûre que tu te sentiras mieux."

Keely se tourna pour aider Simon avec le dernier élément, le tapis. D'abord, ils battirent la saleté avec un balai, puis le frottèrent avec de l'eau chaude et savonneuse. Ils durent utiliser le couteau de Simon pour gratter les dernières mottes de boue qui résistaient au centre. À mesure que la boue se dissolvait dans l'eau de rinçage, elle se transformait à nouveau en sable rouge scintillant, tombant entre les fissures d'une section en planches de bois du plancher de l'écurie. Les planches étaient posées en tant que passerelles au-dessus de plusieurs zones de terre enfoncée à travers la grange pour niveler le sol, mais personne ne surveillait les fissures et personne ne voyait le sable. Ils laissèrent le tapis pendre à la porte de l'enclos pour sécher, et l'odeur de laine mouillée se mêla aux odeurs de paille et d'abat-jour brûlé par le soleil. Plus tard, ils le répandraient sur le sol inégal près de la table vacillante, une touche de mystère sur laquelle Keely pourrait se détendre.

Keely demanda à Meowcher et Growler de rester en arrière en tant que gardiens ; elle enfourcha son vélo et pédala chez elle avec le Chariot Rouge non déballé qui rebondissait derrière elle.

Chapitre Huit

Surprise De Doosie

L e lendemain matin, les pieds de Keely effleuraient à peine le sol avant que les paroles de rage de sa mère ne la frappent. Les tons doux entendus dans le grenier la veille avaient disparu, leur moment oublié. Sur la table de la cuisine reposait une autre bouteille de Jim Beam, vidée jusqu'à la dernière goutte de la nuit précédente, accompagnée d'une lettre du père de Keely annonçant que son voyage d'affaires avait été prolongé, encore une fois.

Keely faisait de son mieux pour faire tout ce que sa mère lui ordonnait de faire, serrant les poings et les yeux toutes les quelques minutes, inhalant les mots de douleur et les déposant comme des gouttes de pluie dans sa piscine. Peu importe à quelle vitesse Keely travaillait, sa mère continuait d'ajouter des tâches à la liste du "Fais-le immédiatement". Il a fallu trois jours avant que le calme ne revienne, des larmes rares refroidissant enfin la fureur dans les yeux de sa mère et libérant Keely pour visiter Crea à nouveau.

En approchant de l'écurie, les babillages excités de Meowcher la saluèrent. "Dépêche-toi, escargot. Crea a une surprise pour toi," dit le chat. "C'était l'idée de Crea d'envoyer des pensées pleines de larmes à ta mère. Elle pensait que les larmes feraient l'affaire pour changer son humeur afin que vous puissiez venir aux écuries."

"Super idée," dit Keely. "C'est incroyable. Vraiment, ma mère ne pleure presque jamais, mais quand elle le fait, elle devient si douce et un peu tendre sur les bords. Ça a marché. Je suis là. Quelle est la surprise de Crea ?"

"Tu la verras dans un moment," dit Growler, ajoutant, "C'est une grosse surprise."

Viens à moi, Keely. Les mots silencieux froissèrent les couettes suspendues, chatouillant ses joues, envoyant des frissons d'anticipation dans son cou alors qu'elle se précipitait dans l'écurie. Quoi qu'elle pensât que la surprise pourrait être, Keely n'était pas préparée à ce qu'elle vit. Juste avant que Keely n'entre, Crea enfonça sa tête dans une pile de foin, mais lorsque Keely s'approcha, elle donna un coup sec, envoyant des aiguilles de paille voler partout.

"Coucou !" s'exclama Crea.

Le souffle bruyant de Keely cogna et rebondit sur les murs, rapidement rejoint par des gloussements de Meowcher et Growler. "Eh bien, on dirait qu'elle est surprise," dit Growler.

Keely ne pouvait pas arrêter de fixer la petite corne qui avait poussé en plein milieu du front de Crea. "Ça ne démange plus. Qu'est-ce que tu en penses ?" trilla Crea timidement.

"T-t-tu—tu es *une licorne* ! Je n'arrive pas à le croire !" Le sentiment de joie insurmontable était si exquis que Keely ne voulait pas que le moment se termine. Son sourire courbé s'étirait largement, se propageant des lèvres, aux yeux, jusqu'aux pointes de ses cils.

"Keely, elle est là pour toi. C'est toi qui l'as appelée. N'oublie pas de croire." La voix de Gramms parlait doucement au-delà du vent. Une seule feuille de bouleau flotta, atterrissant sur le dos de Crea avant de glisser au sol.

"Veux-tu la toucher ? Elle est vraiment réelle," respira Crea.

Tendant lentement la main, Keely caressa l'extrémité brillante. "Cela ressemble à un glaçon, mais c'est si chaud pour mes doigts—comme s'il y avait un feu sous la glace. C'est encore petit et d'une forme étrange, un peu comme la dent de requin que Gramps m'a donnée pour laisser à la petite souris. J'ai avalé la mienne par accident et faisais une crise, disant que la petite souris ne me croirait pas si je ne lui donnais pas une dent. C'était celle qu'il prétendait avoir arrachée à ce requin dans la mer Rouge. Gramms a dit qu'il l'avait trouvée sur une plage lors de ses voyages, mais de ne pas dire à Gramps qu'elle avait parlé de lui !"

"S'il vous plaît, les amis, puis-je le toucher aussi ?" ronronna Meowcher.

"N'oubliez pas de moi," aboya Growler.

Crea baissa la tête et frotta sa corne contre leurs pelages. Une lueur dorée semblait illuminer leurs poils, et Meowcher ronronna malgré elle, suivie d'un grognement de Growler. "Eh bien, si ça ne bat pas tout. Mes oreilles sont collées droit sorties de ma tête, et mes pattes effleurent à peine le foin et—grr-w-ou," émit Growler dans un ton rauque propre à Growler. "La lueur chatouille jusqu'à l'os. J'ai l'air d'une ampoule, mais seules mes taches brillent. Hé, peut-être que ça persuadera cette caniche hautaine et snob, Mimi, que je suis plutôt canon."

Cela déclencha un petit rire chez Crea et Keely. Mimi était vraiment une caniche "française" arrogante, aux boucles serrées, née à Montréal, qui n'a jamais jeté un coup d'œil à Growler lorsqu'elle se promenait dans le parc, même quand il essayait de lui donner quelques-uns de ses os légèrement mâchouillés.

Tous se tournèrent vers Simon, la présence d'un arc-en-ciel de couleurs annonçant son arrivée quelques instants avant que son corps n'entre dans l'écurie. "Alors, petite, la bosse est là pour que tout le monde la voie. Laissez-moi la sentir. Ah, oui. Keely, tu as raison. Cela ressemble à de la glace pleine de feu, mais elle grandira à mesure que Crea elle-même grandira. Nous devons continuer à la nourrir avec ma concoction spéciale et à brosser son pelage jusqu'à ce qu'il brille chaque jour. Je pense que nous devrions essayer de garder la corne couverte et sa véritable identité secrète. Je ne suis pas sûr que le monde soit prêt, et je ne veux pas qu'elle soit blessée. Qu'en pensez-vous, vous trois ?"

Keely répondit en premier avec un "Je pense que tu as raison" immédiat, et Meowcher et Growler firent signe de la tête pour montrer leur accord.

"D'accord, alors, j'ai la solution." Simon sortit un petit coussin rouge de sa grande poche et le noua avec un ruban arc-en-ciel sur la corne.

Les mois suivants s'écoulèrent en toute hâte, et leur secret demeura soigneusement préservé. L'éclat intérieur de Keely ne passa pas inaperçu. Ses performances scolaires s'améliorèrent au point que l'enseignante envoya une lettre à sa mère pour la féliciter et l'encourager à persévérer dans ce qu'elle faisait à la maison, car cela portait ses fruits. Un sourire semblait constamment tirer sur ses lèvres, et rien ne pouvait empêcher le sentiment chaleureux qui chatouillait sa gorge de se transformer en éclats de rire contagieux, parfois aux moments les plus inattendus. Elle éclata même de rire au milieu d'un test d'orthographe lorsqu'elle devait épeler le mot « *licorne* ».

Un jour après l'école, elle eut même le courage de défier Darrell ; elle le surprenait en train de lancer des cailloux sur quelques chats errants dans la ruelle. Keely lui intima d'arrêter, lui signifiant qu'il était temps qu'il cesse d'être méchant et tyrannique, sinon elle en parlerait à Simon. Darrell la dévisagea, mais il ne la toucha pas. Il retint les mots vicieux avant qu'ils ne fusent de sa bouche. Les cailloux tombèrent de sa main sans un bruit. Darrell ne le savait pas encore, mais il avait perdu une victime ce jour-là.

Au cours des semaines suivantes, à chaque rencontre avec ses amis, elle partageait avec eux ce qu'elle avait fait pour maîtriser Darrell, leur expliquant comment lui tenir tête, et ils répétaient ensemble leurs répliques anti-intimidation afin de ne plus être victimes. « Arrête de me harceler maintenant ! Cesse d'être méchant et désagréable ! Arrête de t'en prendre à moi ! Je vais le dire à Simon si tu ne t'arrêtes pas immédiatement ! « À la stupeur générale, cela fonctionnait. Darrell cessa d'être un tyran ; il n'aimait pas que la situation se retourne contre lui et ne voulait certainement plus affronter Simon.

Cependant, Keely marchait toujours sur des œufs à la maison, essayant d'anticiper les désirs de sa mère avant qu'elle ne crie un nouvel ordre impératif. Sa chambre était impeccable ; la cuisine, la salle de bains et tous les sols étaient propres aussi. Elle faisait de son mieux pour glisser les mots blessants le plus rapidement possible dans la piscine profonde à l'intérieur d'elle-même pour qu'ils ne la touchent pas. Elle tentait d'éviter la douleur qu'elle voyait grandir dans le visage et les actions de sa mère en quittant la maison dès que ses corvées étaient terminées, volant vers l'écurie pour visiter Crea. Sa mère ne pouvait pas se plaindre que le travail n'était pas fait, et elle criait moins souvent sur Keely, mais sa propre tristesse restait emprisonnée dans ses yeux.

« *Crea, je suis là. Viens me trouver!* », s'exclama Keely avec des mots de pensée que Crea lui avait appris à utiliser plutôt que ceux dans l'air qui encombraient le vent. Crea lui avait enseigné à considérer son esprit comme un œil qui ouvre la voie à la paix, à la joie, à la grâce et à l'amour et à ne jamais cligner de cet œil. Keely réprimait son instinct naturel, affinant ses inkles dans les exercices quotidiens que Crea appelait « des jeux d'esprit avec un but ».

« Keely, ne laisse pas ces paupières couper la lumière. Ouvre tes yeux. Ouvre ton esprit—et concentre-toi. Envoie tes mots avec la lueur. Il est temps—le temps de croire ! » Keely aimait le flux et le rythme des voix silencieuses et à voix haute de Crea ; elle ne savait pas que la plupart des jeunes licornes parlaient comme Crea et que, en grandissant, leurs voix changeaient pour correspondre à l'endroit où elles vivaient. Celles qui vivaient au-dessus du ciel parlaient avec un accent des étoiles et crachaient des jets de paillettes avec leur rire ; toutes celles qui vivaient sur les rayons de lune aimaient parler comme des oiseaux et trillaient leurs mots si rapidement qu'ils glissaient hors de l'esprit avant que leur présence ne soit remarquée. Les anciens, ceux qui développaient normalement d'énormes cornes noueuses et vivaient souvent dans des vallées d'arc-en-ciels perdus de l'autre côté du ciel, avaient une aura plus imposante et parlaient dans un dialecte archaïque entre eux. Ils réservaient un style anglais formel pour la communication avec les humains.

Keely se dissimulait profondément dans une immense pile de foin dans le grenier, essayant de rester immobile, tandis que Crea, qui était "celle qui cherche," la cherchait dans leur jeu quotidien de cache-cache.

Soudain, un éclat chaud et mince de corne se glissa sous la paille et effleura les cheveux de Keely, faisant danser les mèches d'un feu brun-rougeoyant. "Trouvée," murmura Crea.

"C'est incroyable," dit Keely. "Ta corne pousse de plus en plus chaque jour. Regarde-la. Elle est si belle, comme voir de minuscules fées faire des pirouettes sur un halo." Et c'était vrai - la corne de Crea mesurait maintenant presque six pouces de long, en plein milieu de son front, avec une spirale dorée et parsemée de petites taches d'or l'entourant du pont de son front à la pointe, qui se terminait légèrement au-dessus de ses oreilles. La corne brillait souvent, notamment chaque fois que Crea envoyait des mots mentaux. Elle avait dépassé le coussin rouge dodu actuellement perché dangereusement sur l'oreille droite de Crea, le ruban arc-en-ciel traînant dans sa crinière. Heureusement, il n'y avait eu aucun visiteur extérieur pour voir Crea, et Simon ne semblait pas avoir d'intérêt à ajouter d'autres animaux à ses écuries pour le moment, donc leur secret était toujours préservé.

Keely tenta de relier le béret oreiller en place sur la corne et échoua misérablement. Il glissa sur l'un des yeux de Crea, le piratant.

"Ah, Barbe Noire, attention. Ma corne est mon épée ! Je viens pour ton trésor de pirate," chanta Crea dans son ton tintant. Elle se mit à danser autour de l'étable, Keely à sa poursuite. Meowcher et Growler, qui ne comprenaient rien à ce langage de pirate, les suivirent en se transformant en flibustiers pour leur navire. Keely vit l'ombre brûlée par le soleil et pensa qu'elle ferait le chapeau de pirate parfait. Alors qu'elle pensait à cette idée, elle commença à l'attraper sur la lampe quand son esprit précéda ses mains, et l'ombre fit le cha-cha dans une ligne saccadée de la lampe au sommet de sa tête, se fixant à un angle plutôt coquin.

"Q-que s'est-il passé ?" demanda Keely. "As-tu vu ça ? L'as-tu fait, Crea ?"

"Non, Keely, tu l'as fait toi-même. Tu utilises ton esprit et tu gardes tes yeux ouverts. Tu contrôles tes pensées à un nouveau niveau, et plus tu t'entraînes, meilleure tu deviendras. Continue de faire les exercices que Mariah t'a appris pour apaiser tes inquiétudes et croire en toi-même.

"Tu as progressé si rapidement," continua Crea, "que tu es maintenant prête pour l'une de nos leçons les plus importantes. Peux-tu deviner ce qui vient ensuite ? Pense. Quelque chose que tu as voulu faire depuis aussi longtemps que tu t'en souviennes—quelque chose que les autres croient déjà que tu peux faire ?"

Elle ne cligna pas des yeux, mais fut envahie d'une telle joie que tout souvenir de douleur fut presque effacé quand elle chuchota, "Vol—vraiment, vraiment voler."

Alors qu'elle lâchait ces mots, le vent chanta à travers l'étable, transportant les pensées de Mariah. "Pour toi, Keely. Rien que pour toi."

Chapitre Neuf

Cours De Pilotage

L es licornes sont des machines volantes nées naturellement, et Crea ne faisait pas exception. Elle n'avait besoin d'aucune aile pour s'élever à travers les nuages, pour bondir et planer, pour se suspendre au vent. Elle n'avait pas à y penser—le pouvoir était inné, attendant d'être exploité. Cependant, les styles et les trajectoires de vol variaient avec chaque licorne; chacune développait une signature unique. Crea préférait voler en diagonale, la tête inclinée et sa corne en spirale indiquant la direction. C'était son style de déployer sa queue en vol, une habitude inhabituelle qui ressemblait à de petits éclats de feux d'artifice en forme d'éventail depuis le sol chaque fois qu'elle le faisait. Ces queues d'éventail faisaient souvent rire Keely lorsque Crea dirigeait leurs vols d'entraînement. Crea était une excellente enseignante, et Keely était une élève brillante. Le désir de maîtriser un rêve conquérait tout doute passager alors qu'elle s'écrasait dans un buisson bas ou calculait mal un atterrissage, faisant des pirouettes à

72

travers la cour de la ferme.

Au fil des semaines suivantes, la vie était un conte de fées devenu réalité pour Keely. Elle n'avait pas besoin de la poussière de fée de Clochette. Elle apprit à utiliser la lumière à l'intérieur de son esprit pour l'envelopper de la doublure gazeuse des nuages, appelant le vent pour capter ses pensées et la porter à travers l'air. L'énergie et la puissance de ses propres pensées grandirent avec chaque leçon, la propulsant plus haut et plus vite, renforçant sa confiance en elle à de nouveaux niveaux. Finies les épaules recroquevillées, la tête basse, la petite fille se cachant des ombres.

Crea et Keely s'entraînaient tous les soirs, juste au crépuscule, pour réduire le risque d'être vu. Les lucioles s'accrochaient souvent aux lambeaux de nuages qui pendaient de son corps alors qu'elle naviguait à travers le crépuscule, lui donnant l'apparence d'un ange volant loin du ciel. La corne de Crea brillait avec une intensité qui changeait le crépuscule en aube ; le cercle d'or saupoudrait leur chemin vers les étoiles au-dessus de la ville, où Crea et Keely s'arrêtaient souvent pour récolter des vestiges d'arc-en-ciel. Crea les accrochait à sa corne, et Keely ramassait et fourrait les morceaux dans une taie d'oreiller plutôt usée, ornée d'images délavées d'une demi-lune et d'une poignée d'étoiles.

Meowcher et Growler pouvaient voler aussi, tant qu'ils avaient quelques-uns de ces restes d'arc-en-ciel enroulés autour de leur cou. Cependant, une nuit, Growler fit l'erreur de s'arrêter haut dans un arbre et laissa son arc-en-ciel glisser et s'envoler. Meowcher le sauva, partageant une partie de son écharpe d'arc-en-ciel, et il est peu probable qu'elle ne le laisse jamais oublier. Après cette quasi-catastrophe, ils décidèrent que le drapé d'arc-en-ciel devait changer pour être attaché. Growler grogna fermement qu'il ne voulait pas essayer de traverser la Voie lactée ou de chevaucher des météores sans un arc-en-ciel bien attaché. Pendant ce temps, il découvrit qu'il pouvait diriger avec ses oreilles. S'il levait une oreille, la droite, tout en laissant l'autre pointer vers la gauche, il allait à gauche, et s'il levait l'oreille gauche tout en laissant l'autre pointer vers la droite, il allait à droite. Il en était si fier et était sur le point de s'en vanter à Meowcher quand il remarqua que Meowcher faisait une chose incroyable avec ses longues vibrisses : quand elle les pointait vers le haut, elle montait rapidement ; quand elle les pointait vers le bas, elle descendait ; et d'un simple mouvement de son nez, elle pouvait aller à gauche ou à droite.

"Grrr. Laisse à un chat le soin de découvrir comment—," les murmures de Growler furent interrompus par les cris stridents de Meowcher alors qu'elle s'élevait en flèche, allant à environ quatre-vingt-dix milles à l'heure.

"Mi-a-ou-a-ou ! A-aid-ez-moi, tous ! Je ne peux pas m'arrêter ! Mes vibrisses sont coincées !"

Et c'était vrai. Les vibrisses de Meowcher semblaient prendre vie d'elles-mêmes et se figeaient droit vers le haut, l'écharpe d'arc-en-ciel traînant derrière elle alors qu'elle passait devant Crea et Keely. Crea ralentit suffisamment pour permettre à Keely et Growler de glisser sur son dos. Keely attrapa la crinière de Crea d'une main et Growler de l'autre, et elle ferma les yeux pendant un instant pour étouffer la panique soudaine qui lui serrait la gorge. Growler trembla dans ses bras, et Keely le calma avec ses pensées apaisantes, qu'elle envoya également à Meowcher.

Crea a estampillé le ciel.

Growler et Keely prirent de profondes respirations et déclarèrent qu'ils étaient prêts. C'était la première fois qu'ils chevauchaient le dos de Crea ensemble, et Keely réalisa que Crea était maintenant presque aussi grande que Mariah l'avait été. Il y avait amplement d'espace.

Alors Crea inclina sa corne, la faisant tourbillonner en forme d'étoile à cinq pointes, et martela le ciel de ses sabots avant. Le sentier sombre se fissura, révélant une route d'étoiles filantes harnachées par des rayons de lune, dirigeant leur chemin. "C'est parti. Accrochez-vous bien !" rugit Crea au-dessus du vent, et elle entra dans la lumière.

Le trio glissa rapidement à travers un kaléidoscope mouvant de diamants, ressentant la chaleur des étoiles qui se détachaient des rayons de lune pour filer à travers le ciel. Ils espéraient atteindre Meowcher avant que leur propre chemin ne disparaisse. Les yeux de Keely étaient rivés sur la corne de Crea. Elle semblait avoir doublé de taille, tordue à mesure qu'elle grandissait, montrant la voie à Meowcher. En un peu plus de temps qu'il n'en faut pour embrasser le ciel, ils rattrapèrent Meowcher, et Crea fit une chose remarquable. Elle piqua le nuage sombre au-dessus de Meowcher avec la pointe même de sa corne, et une petite pluie s'abattit directement sur la tête de Meowcher, aplatissant tous ses vibrisses en un instant et stoppant sa montée incroyable. Growler saisit son écharpe arc-en-ciel mouillée avec ses dents et lui fit de la place sur le dos de Crea. Ils continuèrent à se déplacer assez rapidement sur le sentier d'étoiles filantes.

"Uh-oh. Il est temps de descendre !" cria Crea, entrant dans les nuages au moment précis où leur étoile filante, ainsi que plusieurs autres, se détachaient du rayon de lune et dévalaient vers des destinations inconnues. Il y eut un moment de silence tandis que les quatre fixaient la queue qui disparaissait de la comète nouvellement née.

Meowcher resta calmement assise, ronronnant sur le dos de Crea, léchant ses pattes comme une dame, et se lavant le visage lentement avec les gouttes de pluie restantes.

"Que t'est-il arrivé ? Qu'est-ce qui a fait coincer tes vibrisses comme ça ?" demanda Keely.

"Je n'en suis pas sûre", traîna Meowcher. "Un moment, j'étais en train de les mettre en place pour un petit tour. Ensuite, je les ai baissées, et en un clin d'œil fou, quelque chose m'a secouée de nulle part. Mes vibrisses se sont relevées et sont restées figées ; je ne pouvais plus les bouger du tout. J'étais totalement hors de contrôle jusqu'à ce que tu me sauves, Crea."

"On dirait que tu as été frappée par un peu de foudre et que tes vibrisses étaient l'aimant. Peut-être devrais-tu essayer de changer de direction sans utiliser tes vibrisses à l'avenir."

"Je pense que c'est une bonne idée", dit Meowcher. "Mes vibrisses se sentent encore un peu agitées et raides. Elles sont toutes épuisées de frétiller, et mon nez a toujours envie de renifler."

Leurs aventures volantes se poursuivirent, et Keely ne révéla rien à ses amis, enseignants ou à sa mère. Elle savait qu'il était préférable que son secret reste secret.

Chapitre Dix

Uh-Oh

Ce que nul ne réalisa à cet instant fugace, c'est qu'au moment précis où l'étoile filante se libéra, une infime parcelle d'éclat stellaire, aussi petite qu'un grain de sable, s'accrocha dans le coin d'un des sabots de Crea. Pendant les semaines qui suivirent, elle continua à consumer un minuscule orifice, s'enfonçant de plus en plus profondément dans le pied de Crea. Mais Crea refusait de reconnaître la douleur croissante émanant de cette blessure et persistait à voler avec eux chaque jour, au crépuscule.

Les compétences en vol de Meowcher et Growler s'affinèrent rapidement, et Simon leur offrit des épingles à foulard plutôt élaborées pour maintenir en place leurs lambeaux d'arc-en-ciel, évitant ainsi d'avoir à les nouer. L'épingle de Meowcher était un cercle sans fin, tournoyant inlassablement jusqu'à un point minuscule au centre, son parcours marqué par des pierres violettes et lumineuses. Elle pouvait insérer des morceaux d'arc-en-ciel entre les parties du cercle violet d'une simple patte, et rien ne s'échappait avant qu'elle ne le souhaite. L'épingle de l'écharpe de Growler présentait une conception différente. Elle était en métal brillant, couleur or, avec deux pièces triangulaires de tailles différentes, imbriquées parfaitement l'une dans l'autre ; une fente dentelée traversait le milieu des deux. Growler tira le reste d'arc-en-ciel à travers la fente rugueuse avec ses dents, et il tint en place. Lorsqu'ils ne volaient pas, tous deux fixaient les épingles à leurs colliers.

Après leur avoir remis leurs nouvelles épingles, Simon annonça qu'il partait en semi-vacances pendant un certain temps. On avait besoin de lui de toute urgence dans une région de l'univers où se trouvaient des plages de sable violet, des cieux d'un vert éclatant, et des nuages pleurant des arcs-en-ciel. La première et unique fois où il s'y était rendu, il avait découvert un lieu propice à la détente et à l'absorption des rayons de son étrange soleil orange et bleu strié. Comme tout allait bien avec Keely et Crea, il décida d'allier l'utile à l'agréable et serait probablement absent pendant plusieurs mois. Simon savait déjà ce que Keely découvrait encore, à savoir qu'elle était plus forte et capable de faire face à l'inconnu sans lui. Il rassembla quelques affaires, les noua dans le coin de sa cape lustrée et multicolore, et fit tournoyer son turban violet autour de sa tête et de son cou, ne laissant que ses yeux brillants à découvert. Il détestait les adieux interminables, alors, avec le retentissement de son "À bientôt", il tournoya sur lui-même et fut englouti par le crépuscule, devenant une tache violette à l'horizon pendant un bref instant.

Un matin, était-ce seulement quelques semaines plus

tard ? Keely se réveilla au son de gémissements doux. Pensant que peut-être Meowcher ou Growler souffrait, elle s'habilla rapidement, enfilant ses vieilles favorites, des baskets violettes sans lacets, les premières trouvées sous son lit, et sortit. Toujours prudente pour refermer la porte sans bruit, elle étouffa le bruit avec sa main recouverte d'un torchon. Cependant, à sa porte, attendaient à la fois Meowcher et Growler, les queues dressées. Ils réagissaient aussi aux gémissements.

Oh-Oh.

Oh-Oh.

Oh-oh. Pensèrent-ils tous simultanément, et les trois se précipitèrent vers les écuries, s'arrêtant seulement pour attraper des morceaux supplémentaires d'arc-en-ciel laissés accrochés aux branches supérieures de Chartreudy depuis leur dernier vol. Ils volaient si près du sol que personne n'aurait pu affirmer avec certitude qu'ils volaient réellement, seulement qu'ils se déplaçaient incroyablement vite.

Crea, nous arrivons, volèrent leurs pensées sur le vent.

Ils n'étaient pas préparés à ce qui les attendait. La jambe de Crea était enflée à près du double de sa taille normale. Des rayures rouges vif, comme celles d'un camion de pompiers, montaient le long de la jambe, en spirale autour de son cou, et des bosses vert vif et jaunes avec des centres bleus brillants semblaient surgir de partout sur son corps à mesure qu'ils regardaient. Keely tendit la main et toucha sa peau, brûlant presque sa propre main sur le feu qui faisait rage dans le corps de Crea. "Vite, apportez-moi de la glace du congélateur de chez moi", dit Keely. "Nous devons faire baisser sa fièvre aussi rapidement que possible."

Meowcher et Growler sautèrent pour suivre les ordres de Keely et se précipitèrent vers la maison de Keely, mais ils ne purent pas ouvrir la porte arrière. Keely réalisa qu'elle leur avait confié une tâche impossible et envoya des pensées rapides pour les aider. Ses pensées arrivèrent avec la force d'une tornade impétueuse, arrachant la porte moustiquaire et la laissant claquer avec un bruit sourd tandis que Meowcher et Growler s'engouffraient à l'intérieur. Ses pensées ralentirent un peu et ouvrirent la porte du congélateur, retirant un grand sac de glace et le laissant tomber sur le sol. Meowcher et Growler parvinrent à mettre le sac de glace sur une serviette et le traînèrent vers la porte arrière lorsqu'ils s'arrêtèrent net. Leur fourrure se raidit de peur de la tête à la queue en réponse aux paroles jetées par la mère de Keely.

"Qu'est-ce qui se passe ici ? Que croyez-vous faire dans ma cuisine ? Où pensez-vous aller avec cette glace ? Et où est ma fille ? Keely, tu ferais bien de venir ici tout de suite et de t'expliquer. Keely !"

Elle était dans un état furieux. Ses cheveux sortaient dans tous les sens, et sa robe de chambre en chenille dorée, usée mais toujours moelleuse, avec des touffes manquantes, lui donnait l'apparence d'une lionne sortant de sa tanière. Le claquement de la porte moustiquaire l'avait réveillée en sursaut d'un sommeil profond, et elle se tenait dans un état de stupeur, serrant sa robe et essayant de comprendre le quoi, le pourquoi et le comment de la scène dans sa cuisine.

Même Keely, qui était encore dans les écuries avec Crea, ressentit le cri de sa mère et tressaillit de douleur. "Oh, non. P-p-pas maintenant", bégaya Keely. "S'il te plaît, maman, j'ai besoin de ton aide. S'il te plaît, s'il te plaît, s'il te plaît, apporte-moi de la glace. Apporte la glace aux écuries, s'il te plaît, s'il te plaît, s'il te plaît." Elle chanta les mots doucement tandis que des larmes glissaient silencieusement sur ses joues. "S'il te plaît, s'il te plaît, s'il te plaît, aide-moi, maman."

"Attends, Keely", souffla Crea. "Je t'aiderai. Touche ma corne ; unis ta voix à la mienne. Je suis faible, mais nous le ferons ensemble."

Les bouts de doigts de Keely caressaient les rainures, glissant de haut en bas sur les courbes tandis que leurs pensées couraient sur le vent. Lorsque les suggestions atteignirent la mère de Keely, les paroles en colère s'apaisèrent et cessèrent. "D'accord. Hmm. Sensation étrange. Bizarre", dit-elle. Elle secoua la tête rapidement, éliminant toute fureur résiduelle qui collait aux bords de ses pensées. "Je t'entends, Keely. J'arrive. J'arrive." Elle attrapa le sac de glace sur la serviette, prit un autre compress de glace, et vida le congélateur, attrapant une boîte de popsicles et un sac de pois surgelés. La porte moustiquaire claqua lorsqu'elle courut pieds nus hors de la maison. Elle s'arrêta net en réalisant qu'elle n'avait pas de chaussures, et le sol était froid. Jetant un coup d'œil autour d'elle, elle aperçut les bottes de cowboy vertes de Keely, maintenant encore plus boueuses et éraflées, posées à côté de la maison, à côté de son vélo et de son chariot rouge. Elle sortit le mouchoir encore coincé dans les orteils et glissa ses pieds dans les bottes. "Autant prendre le vélo de Keely", se dit-elle. "Ce sera plus rapide." La mère de Keely avala sa panique et essaya de détacher le chariot mais abandonna au bout de quelques secondes, réalisant que c'était l'endroit idéal pour transporter les choses congelées. Après avoir chargé Red Chariot, elle enfourcha le vélo, remonta sa robe, l'attacha autour de sa taille, et se mit à pédaler furieusement vers les écuries. Red Chariot rebondissait dans les restes d'empreintes de monstres laissées par les tempêtes hivernales passées. Meowcher et Growler couraient devant elle, montrant le chemin. Leurs morceaux d'arc-en-ciel, presque invisibles dans la lumière du matin, étaient solidement maintenus en place par leurs épingles.

Keely caressait le cou de Crea et fredonnait des berceuses apaisantes, attendant l'arrivée de sa mère. Elle n'essaya pas de couvrir la corne de Crea ; elle réalisa que c'était un moment de vérité et espérait que sa mère comprendrait. "Ne t'inquiète pas, Keely. Tout ira bien", murmura Crea.

Le *crissement, crissement, crissement* des pas foulant les feuilles sèches laissées en tas éparpillés sur le sol de l'écurie les alerta de l'arrivée imminente de Meowcher, Growler et de la mère de Keely.

Keely n'eut pas besoin d'entendre les paroles de sa mère, les ressentant avant qu'elles ne soient dans l'air. "Je suis là, Keely. J'ai de la glace, mais qu'est-ce qui ne va pas ? Il vaut mieux que cela en vaille la peine. Que s'est-il passé, et et et qu-quoi-qui est ? Oh, bon sang ! C'est une licorne ! Je n'en crois pas mes yeux." Et dans le souffle suivant, elle dit, "Oh, qu'est-ce qui ne va pas avec elle ? Elle a l'air terrible. Ses yeux sont ternes et plats, sans éclat. Est-elle malade ?"

"Oui, maman. Je ne voulais pas te réveiller. S'il te plaît, ne sois pas fâchée contre moi. J'ai besoin de ton aide et je n'ai personne d'autre à qui demander. C'est pourquoi je t'ai appelée. Crea est malade, et je ne sais pas quoi faire. Elle a très chaud, et j'espère que la glace fera baisser la fièvre. Aide-moi, s'il te plaît." Les pensées apaisantes envoyées à la mère de Keely par Keely et Crea firent à Maggie mordre sa langue, étouffant les paroles cruelles qui résonnaient encore dans sa tête.

Ils travaillèrent ensemble, ouvrant le sac de glace et enveloppant plusieurs morceaux dans une multitude de petites serviettes. Ensuite, ils placèrent les paquets de glace partout sur la jambe enflée de Crea et son corps strié de rouge, attachant le sac de pois à la spirale striée autour de son cou. La glace fondit rapidement, formant de petites flaques sur le sol de l'écurie. Keely mit deux popsicles dans la bouche de Crea, faisant sourire ses yeux. "Ce médicament a bon goût", rit-elle.

Le traitement à la glace fonctionna et fit rapidement baisser la fièvre, mais les vilaines rayures rouges et les bosses continuaient de se propager sur le corps de Crea. "Que devrions-nous faire, maman ? Simon est parti, et je sais que le Dr Wright ne saura pas quoi faire. Qu'en penses-tu ?"

La mère de Keely souffrait toujours du choc que Crea était une licorne. "Je n'arrive pas à croire ça. Ça ne doit pas être réel. Suis-je encore endormie mais avec l'impression d'être éveillée ? Peut-être que c'est l'un de ces rêves éveillés dont j'ai lu ?" Elle se frotta les yeux rapidement avec les poings et tendit lentement la main, posant une main légèrement tremblante sur la corne de Crea. Elle scintillait sous son toucher, et Crea bougea la tête pour que la main de Maggie puisse caresser les rainures de la spirale délicate.

"Drole. Comme c'est étrange... je me sens tellement, tellement paisible, tellement—quel est ce mot ? Sereine ? Quelle merveilleuse sensation." Elle sourit doucement tout en continuant de caresser la corne de Crea, absorbant la chaleur pulsant de chaque rainure. C'était presque comme si la corne ronronnait sous son toucher.

"Keely, c'est vraiment un miracle. C'est difficile de croire que cela se passe, que c'est réel, mais c'est le cas. Et elle est définitivement malade. Nous devons l'aider à guérir. Je ne sais pas quoi faire. Il faut réfléchir—hmm." Elle ferma les yeux et sembla s'endormir tout en restant debout, et elle récupéra des lambeaux de souvenirs de son enfance.

"Tu sais, il y a très longtemps, quand je montais Mariah, il y avait ce vrai Indien—tribu Pawnee, je pense—qui montait avec moi parfois. Il apparaissait simplement sur son cheval tacheté brun et blanc et courait avec moi à travers les collines. Je pensais qu'il avait peint les taches sur son cheval, mais j'ai appris plus tard que c'était un pinto, un vrai type de cheval. Il avait les cheveux noirs les plus noirs et les plus droits qui volaient derrière lui quand nous galopions, comme une cape de Batman amidonnée, et—et des yeux qui pouvaient voir au-delà des lendemains, bleu tie-dye par le ciel, sans blanc visible sur les bords. Il m'a appris les plantes, les arbres, les esprits du ciel et de la terre, et comment parler à Mariah, l'écouter. Laisse-moi me rappeler—son nom était—Rainb—non, ce n'était pas ça. C'était Moon Cloud, mais j'aimais l'appeler Moonbeam. Je ne me rappelle pas pourquoi. Je n'ai pas pensé à lui depuis des milliards d'années. Mon père disait que c'était un ami imaginaire et qu'une telle personne n'existait pas, mais l'arrière-grand-mère—haha, l'arrière-grand-mère, la grand-mère de ta Gramms—le connaissait. Elle m'a dit de lui faire confiance. Puis un jour—je ne sais pas exactement quand c'est arrivé ou pourquoi—il a disparu et je ne l'ai jamais revu. Je pense que c'était un peu plus tard que nous avons perdu les écuries, tous les chevaux, et tout, ou du moins je pensais que c'était tout à l'époque.

"Étrange. Je me demande pourquoi j'ai pensé à Moon Cloud en ce moment après toutes ces années. J'avais complètement oublié à son sujet, mais mon esprit semble me jouer des tours, je ne suis pas sûre de ce qui se passe. Quelque chose semble pousser mon cerveau, me pousser à faire des choses auxquelles je n'ai même pas pensé. Hmm, tu sais, cependant, il m'a appris à faire des médicaments à partir de plantes et d'arbres, juste au cas où j'aurais besoin de les utiliser avec Mariah. Peut-être qu'ils aideraient Crea. Peut-être c'est pourquoi j'ai pensé à lui.

"Maintenant, quel était exactement ce chant indien ?" Elle ferma les yeux et commença lentement à fredonner, espérant que les mots apparaîtraient dans le bourdonnement, et ils le firent.

Écorce de bouleau vert, graine de chêne, beurre de dix jacinthes—
Queue rouge de quenouille, larmes de saule, œil
de Susan— Récolte par une nuit sans lune—
pas de flutter du vent, Bouillir dans la glace du ciel estival—
Bouillir dans la glace du ciel estival.
Remuer puis siroter avec une paille à la
cannelle— Soulage la douleur
Fait fondre les fièvres—
Change les larmes en pluie—
Change les larmes en pluie.

"Mais je ne suis pas sûre que ce chant soit celui qui guérira la maladie de Crea. Je ne me rappelle pas quand cette potion était censée être utilisée. Mariah n'a jamais eu ce type de maladie, seulement de petits rhumes et une fois une douleur d'estomac après avoir mangé trop de fraises des bois. Je pense que cela n'aide qu'avec la douleur et les fièvres légères, pas avec les infections, et Crea semble vraiment avoir une maladie furieuse de quelque sorte. Ça ne ferait pas de mal d'essayer, mais ne te fais pas trop d'illusions, Keely, que c'est la solution. D'accord ?"

Keely murmura un "D'accord" à peine audible et dressa rapidement une liste de tâches. Growler avait pour tâche de trouver la graine de chêne après que Keely lui eut expliqué qu'un autre mot pour *la graine de chêne était le gland*. Growler savait où certains écureuils avaient enterré leurs cachettes l'automne précédent. Il avait découvert plusieurs endroits de glands en trouvant des endroits d'enterrement pour ses propres os de rôti préférés. Il savait aussi, de manière certaine, que les écureuils n'en mangeaient jamais tous ceux qu'ils avaient enterrés pour l'hiver parce qu'ils avaient toujours du mal à les déterrer une fois recouverts de neige et de glace.

Meowcher fut envoyée pour trouver et rapporter une queue de quenouille rouge. Elle avait une grande expérience des quenouilles, car elles étaient les plantes principales dans les canaux d'irrigation où elle attrapait des vairons pour une collation rapide. Les quenouilles déguisaient son approche parce qu'elles bougeaient dans le vent exactement comme sa vraie queue, et elle pouvait s'approcher furtivement et attraper sa proie sans être détectée. L'une des passions de Meowcher était de donner des coups de patte aux quenouilles et de les regarder se fragmenter, envoyant des queues plumeuses pleines de graines pour semer plus de quenouilles le long du chemin du vent. Elle n'était pas sûre s'il y avait beaucoup de quenouilles rouges, mais elle pensait en avoir vu quelques-unes dans le fossé le plus proche du vieux parc de la ville.

Keely continuait de marcher sur des œufs autour de sa mère, incertaine de la durée de sa nouvelle humeur agréable. Crea continuait de bombarder l'esprit de Maggie. Elle réussit à faire se souvenir à Maggie de tout à propos de Moon Cloud. Maggie regarda Crea avec méfiance, sentant presque les ondes d'humeur, et secoua la tête quelques fois, dispersant les pensées sombres tenaces restantes. Elle ouvrit la bouche pour protester et se retrouva plutôt volontaire pour trouver le beurre de jacinthes, l'œil de Susan, les pailles à cannelle, une casserole et un réchaud sur lequel cuisiner. Maggie pensait se rappeler avoir vu du matériel dans le grenier de ces voyages de camping familiaux presque oubliés. Elle savait que dans le vieux jardin de Gramms, des centaines de jonquilles jaunes et de susans aux yeux noirs avaient l'habitude de pousser, et elle pensait qu'elles seraient en fleur à peu près maintenant. Elle avait l'habitude de s'arrêter et de les sentir tout le temps quand elle était petite, mais elle ne les avait à peine remarqués depuis trop d'années. Elle était assez sûre qu'il restait encore quelques bâtons de cannelle, ceux qui ressemblent à de petites pailles enroulées, d'une fête d'Halloween d'il y a longtemps où elle avait préparé du cidre de pomme chaud et avait donné à chacun un bâton de cannelle avec lequel remuer. Maggie sourit en se remémorant les fleurs et le cidre de pomme chaud et attacha ses cheveux en une queue de cheval, les liant avec l'un des rubans du vieux chapeau de licorne de

Crea. Elle avait l'air tellement plus jeune et vulnérable d'une certaine manière. "Faisons-le", lâcha-t-elle avec un rire qui ridait ses yeux.

La liste de Keely comprenait l'écorce du bouleau, les larmes du saule et les gouttelettes de glace d'un ciel estival. Deux des trois éléments étaient faciles, le dernier, plus difficile.

"N'oubliez pas, tout le monde", dit Keely au groupe, "ne ramassez rien s'il n'y a pas de lune et pas de vent."

Chapitre Onze

Nuit des Lesses : Sans Vent-
Sans Lune-Sans Étoiles

Heureusement, aucune étoile n'ornait cette nuit d'été, la lune dissimulée par des nuages noirs et violets. Malgré l'heure avancée, la chaleur semblait persister dans l'air, aucun souffle de vent ne venant rompre la quiétude. Perturbant cette paix, le rapide *grattement, grattement, grattement* des griffes de Growler, à la recherche de glands enfouis. Le premier trou ne dévoila que des cacahuètes et des morceaux de papier d'aluminium. Dans le second, des trognons de pomme pourris et des graines de citrouille. Au dixième, la fatigue, la chaleur, et une pointe de grognonnerie s'installaient.

"Grr—zut ! Bien, les écureuils," grogna Growler, "où avez-vous caché les glands ? Je sais que vous n'avez pas pu tous les manger. Attendez une minute. J'ai vu des écureuils enterrer quelque chose près de la porte du jardin de Keely. Peut-être y trouverai-je des glands." Il se rua vers la porte arrière et se mit frénétiquement à creuser un trou. D'abord, une vieille balle de golf sans enveloppe, son élastique exposé. Growler la saisit dans sa gueule, la secouant de colère, avant de la jeter de côté. Il observa une fois de plus le trou, apercevant le bord lisse de quelque chose sous la terre où reposait la balle de golf. Il déblaya soigneusement la terre restante pour découvrir non pas un, mais deux glands parfaits.

Il fit une pause d'un instant pour pousser un hurlement grave vers le ciel sans vent : "J'ai trouvé les glands !" Les plaçant délicatement dans sa gueule, il fit virevolter son écharpe arc-en-ciel autour de son cou et s'envola en direction des écuries.

Pendant ce temps, en périphérie de la ville, Meowcher était en chasse. Sa queue se balançait silencieusement, seule à troubler le silence alors qu'elle avançait dans une tourbière de massettes près d'un des plus grands canaux d'irrigation des environs. "Hmm—voici une massette dorée et une verte," murmura-t-elle à voix basse. "Un milliard de marrons, ressemblant à des hot-dogs juste sortis du grill. Je ne vois pas une seule rouge. Je me demande pourquoi ?" La nuit était si calme que le bruissement de sa queue contre la nuit était le seul son à troubler le silence. Elle s'enfonça de plus en plus dans la tourbière, les massettes se refermant derrière elle, ne laissant aucune trace de son passage.

Poussant à travers un groupe de massettes à plumets étroitement groupées, elle pénétra dans une clairière au milieu des massettes et découvrit un ancien lieu de décharge, résultat du laisser-aller de quelqu'un trop paresseux pour se débarrasser de ses déchets correctement. L'inconnu devait clairement travailler dans la peinture, à en juger par les tas de pots de peinture vides ou partiellement vides jonchant le sol. Certains étaient en train d'être rincés de leurs restes, l'eau entrant et sortant, transformant l'eau en couleurs qui étaient autrefois réservées aux murs, aux clôtures et aux granges. Le pot de peinture pour la grange devait être plus plein que vide, car l'eau du fossé dans une zone était complètement rouge, avec d'autres couleurs de jaune, de lavande et de bleu royal s'étirant aux bords d'un cercle élargissant. La peinture avait tué la plupart des massettes, leurs tiges sans plumets restant debout dans la palette de peintre nouvellement créée, comme des pinceaux attendant d'être choisis pour une œuvre encore non peinte mais connue.

Cependant, au milieu exact de la partie la plus rouge du tableau, une massette vivante ondulait, prospérant dans la peinture. Elle était d'une couleur rouge magnifique, scintillant comme la Toison d'or, et était presque sur le point d'éclater.

"La voilà !" miaula Meowcher, son intonation élégante perdue un instant. "Maintenant, je dois juste trouver comment l'attraper sans me couvrir de peinture. Peut-être que je peux voler juste au-dessus et rester en suspension, comme un colibri pendant que je la tire de l'eau. Ensuite, je pourrai la voler à Keely sans devenir toute dégoulinante de crasse."

Cela semblait être un bon plan, mais Meowcher omettait de considérer que cela pourrait être un tout petit peu difficile de tirer une massette du sol marécageux—droit vers le haut dans les airs. Elle découvrit ce fait peu de temps après. Après avoir enveloppé et fixé son morceau d'arc-en-ciel autour de son cou, elle vola à côté de la massette et commença à tirer sur la tige de la massette aussi fort qu'elle le pouvait avec ses pattes, puis essaya de la tirer avec ses dents. Elle ne put pas obtenir une prise ferme sur la tige glissante, alors elle passa une extrémité lâche de son écharpe arc-en-ciel autour de la tige et essaya de la casser en dessous de la massette au lieu de la tirer du sol. Elle saisit son écharpe dans sa gueule et essaya de voler latéralement aussi rapidement que possible. Pendant un moment, cela semblait fonctionner, mais en une de ces secondes de vol, plus rapide qu'un chronomètre, l'arc-en-ciel se déchira, car les arcs-en-ciel sont, après tout, plutôt des choses gazeuses. Meowcher fit une culbute et resta dans les airs pour la première partie de la chute—mais dans la deuxième roulade, elle atterrit en plein dans les eaux colorées, ramassant diverses nuances alors qu'elle pagayait vers le rivage, jurant entre ses dents. "Saperlipopette. Cette maudite massette aurait dû être décapitée. Ha."

Pendant les moments qui suivirent, elle tenta de se nettoyer, léchant ses vibrisses et s'essuyant le visage avec ses pattes. Pour contempler le résultat de ses efforts, elle trouva une zone légèrement plus propre d'eau de fossé et fixa attentivement son reflet. "Ye-ee-ow. C'est sans espoir. On dirait l'un de ces tableaux dont Gramms parlait toujours à Keely - Jackson Pollock, je crois. Gramms disait qu'ils ressemblaient toujours à s'il avait jeté des pots de peinture sur sa toile, laissant goutter quelque chose d'incroyable. Je ne dirais pas que cela rentre dans cette catégorie incroyable, plutôt dans celle du dernier look des œufs de Pâques, où vous mélangez toutes les couleurs restantes pour créer un dernier chef-d'œuvre qui finit par ressembler à de la boue colorée. Cependant, je préfère penser que j'ai été Pollocké plutôt que bouletté."

"Hmm, que devrais-je essayer maintenant ?" médita Meowcher. "Eh bien, je parie que je peux mâcher la tige. Je ne pense pas que le goût me ravira, mais autant voir si mes dents sont assez tranchantes pour faire le travail."

Meowcher rassembla les restes de son écharpe arc-en-ciel, les enroula délicatement autour de son cou et les fixa avec sa broche. Tentant de secouer avec un peu de grâce certaines de ses nouvelles taches, elle parvint à les répandre aux quenouilles environnantes, comme un artiste secouant son pinceau sur une toile en attente. Elle plana lentement, s'efforçant d'éviter tout contact avec l'eau à tout prix. Maintenant dans une position stationnaire juste en dessous de la base de la quenouille, elle tourna la tête, saisit la tige avec ses dents et commença à mâcher.

Beurk. Ça a le goût de carton mouillé - pas beaucoup de saveur. Mais aucune saveur n'est meilleure qu'une saveur dégoûtante, pensa Meowcher. Elle continua à mâcher et la quenouille commença à se courber. Juste avant que la tige ne se casse, Meowcher attrapa doucement la quenouille dans sa bouche et tira doucement. Elle l'avait fait ! Elle plana un moment avec la quenouille rouge dans sa bouche, les vibrisses frétillantes et les yeux souriants. Le message de Meowcher résonna dans le vent alors qu'elle retournait aux écuries : "J'ai la quenouille, les amis. J'arrive, Keely."

Pendant ce temps, la mère de Keely errait dans le vieux jardin, absorbée par ses activités solitaires et son dialogue intérieur. "D'abord l'œil de Susan - whoa, ce lieu m'a manqué. Même si maman est partie, le jardin semble toujours prospérer. Je dois vraiment venir ici plus souvent. Regardez les roses. Je parie qu'elles sentent divinement bon." Elle se pencha, inhalant profondément toutes - rouges, violettes, jaunes, pêches - et un arc-en-ciel peint de l'amour de sa mère la toucha un instant. Elle s'aventura dans les sentiers envahis, s'arrêtant pour savourer le parfum de chaque fleur rencontrée, recueillant des fragments de paix intérieure en chemin. Après quelques minutes, elle tomba sur une parcelle de pâquerettes aux visages joyeux avec des centres jaunes vifs entourés de blanc, et à côté d'elles, elle trouva ce qu'elle cherchait. "Ah, les yeux de Susan. Vous voilà tous. Vous êtes les jolis, avec vos têtes orange-jaune voyantes et vos yeux sombres violets, presque noirs. Regardez les poils qui poussent sur vos feuilles et vos tiges, presque comme une fourrure." Se penchant, elle cueillit quelques-unes des plus magnifiques, les huma, sourit et les mit dans son sac improvisé jeté sur son épaule.

"D'accord, passons aux jonquilles. Maintenant, si je me souviens bien, le champ de jonquilles entourait une vieille fontaine au milieu du jardin." Elle avança lentement et, après avoir traversé quelques vignes surplombantes de quelques arbres, elle découvrit un champ tissé de fleurs jaunes et blanches de jonquilles. Il y en avait tellement que la vue lui coupa le souffle. Elle commença à cueillir des fleurs, choisissant celles dont les pétales étaient les plus jaunes vifs et les meilleurs exemples de beurre de jonquille.

"D'accord, c'est dix. J'en cueillerai quelques-unes en plus au cas où nous en aurions besoin. Je crois que je vais jeter un coup d'œil à la vieille fontaine puisque je suis là. Elle est certainement couverte de mauvaises herbes." Elle atteignit la fontaine et commença le processus de dégagement de la croissance envahissante, d'abord à un rythme mesuré puis avec une urgence croissante, comme si une force invisible l'incitait à dévoiler la statue qui la surmontait. Maggie démêla quelques-unes des racines enroulées d'une plaque de bronze ternie fixée au socle, révélant partiellement des mots sous le ciel assombri : elle vit des *rêves* - suivis de quelques lettres illisibles - et *possible*.

Abandonnant la base, elle continua à arracher les vignes étrangleuses de la statue. « Oh, non ! », s'exclama-t-elle. « Jetez un œil à cela ! Mes yeux me jouent-ils des tours ? « Là, enfin débarrassée de son fardeau de mauvaises herbes et de branches, se dressait une licorne parfaitement sculptée, d'un blanc pur. Même s'il n'y avait pas de clair de lune, la licorne brillait dans l'obscurité, son dos et sa tête en marbre restant froids alors que la mère de Keely la caressait doucement. La tête de la licorne était inclinée légèrement, avec la corne penchée à un angle. Lorsque la fontaine était en marche, l'eau devait s'écouler par l'extrémité même de la corne. Aucune eau ne coulait ce soir, et les petites fissures dans la corne indiquaient que la fontaine n'avait pas été utilisée depuis des années. Elle était figée, comme vivante, la grâce coincée dans le temps, retenant son souffle, attendant de respirer à nouveau. « Je me demande comment j'ai pu oublier cette fontaine. On dirait que cela fait une éternité depuis la dernière fois que je l'ai entendue gargouiller de rire. »

Avec un geste de sa queue de cheval, Maggie acheva de mettre les jonquilles dans son sac et se dirigea vers la maison, sa part de la mission presque accomplie. Elle entra par la porte arrière de la cuisine, ne se souciant même pas lorsque la porte moustiquaire claqua, faisant basculer la dernière paire de volets décomposés vers la gauche. Ouvrant ses placards, elle se mit à la recherche des bâtonnets de cannelle. « Cure-dents, moules à cupcakes, sel, sucre brun en bloc, Kool-Aid — j'ai dû oublier que je l'avais mis ici. « En étirant son bras sur toute sa longueur jusqu'au coin le plus éloigné du placard, à travers des toiles d'araignée et de la semoule de maïs renversée depuis longtemps, ses doigts s'enroulèrent autour de deux flacons d'épices. En les sortant ensemble, elle découvrit qu'elle tenait un flacon plein de graines de pavot noir et un flacon avec trois bâtonnets de cannelle restants. Les bâtonnets de cannelle ressemblaient à de l'écorce brun rougeâtre enroulée dans une bouteille. « Je les ai trouvés ! C'est génial. Maintenant, il faut que je me rende aux écuries aussi vite que possible. «

Elle était sortie par la porte arrière avant de se rappeler de la casserole et du réchaud de camping. Elle retourna précipitamment par la porte et dans le couloir étroit, tirant sur les escaliers du grenier jusqu'à ce qu'ils se déploient avec un grincement fort et un thud. Après avoir gravi les marches chancelantes, il lui fallut plusieurs minutes pour explorer divers tas de choses avant de trouver le bon tas avec leur ancien équipement de camping. Elle trouva d'abord une casserole, puis fouilla un peu plus bas dans la pile, découvrant le réchaud à gaz Coleman à deux brûleurs. Heureusement, il restait encore quelques cartouches de gaz inutilisées — un peu poussiéreuses mais toujours pleines de gaz. Elle regarda rapidement autour d'elle pour trouver quelque chose avec quoi envelopper les cartouches pour qu'elles ne s'entrechoquent pas et tira un grand morceau de tissu bleu clair, quadrillé de contours de carrés blancs contre le bleu, du fond du vieux coffre en osier. Faisant une pause juste un moment, la mère de Keely se frotta le visage avec la flanelle, essuyant une larme solitaire et un souvenir lointain. Elle enveloppa les deux cartouches de gaz et les plaça soigneusement dans la casserole. Attrapant le réchaud par sa poignée de valise dans la même main, elle parvint à passer le sac d'autres friandises autour de son cou et avait encore quelques doigts libres pour l'aider à descendre les escaliers. « Prête enfin à partir vraiment «, dit-elle. Elle se mit à fredonner un air en courant vers les écuries.

Pendant ce temps, Keely travaillait sur ses objets, les deux premiers étant faciles. Elle glissa son sac de collection, un petit sac qui se replie sur lui-même, dans la poche arrière et s'envola rapidement vers ses quatre meilleurs amis : Lefty, Will, Chartreudy et Shorty. « Oh, c'est tellement bon de vous voir, les gars. Vous m'avez manqué. « Elle resta suspendue brièvement au bras de Shorty et se balança doucement sur la fourche en V du tronc large de Chartreudy. Se levant, elle entoura autant que possible son tronc de ses bras, le serrant fort. « Chartreudy, j'ai besoin d'un service. Puis-je s'il vous plaît écorcer quelques morceaux de votre écorce pour les utiliser dans un médicament pour Crea ? Je ne veux pas te faire de mal, et je les enlèverai très délicatement. « L'arbre semblait comprendre, et lorsque Keely commença à enlever l'écorce, l'arbre se détendit et libéra les morceaux sans tirer.

Ensuite, Keely grimpa dans les bras de Will, presque jusqu'au sommet de son cher ami. Elle monta au même endroit où elle s'était souvent endormie en pleurant pour arrêter la douleur des mots blessants. En regardant de près, Keely vit qu'il y avait divers endroits sur le tronc de Will où la sève avait saigné de l'intérieur et s'était cristallisée en amas collants sur son écorce. Plusieurs de ces amas de sève étaient exactement en forme de grosses larmes. Elle demanda à Will s'il lui permettrait d'avoir quelques-unes de ses larmes de saule, et la réponse qu'elle ressentit fut : « Bien sûr. « Elle les plaça soigneusement dans son sac avec l'écorce de bouleau et se reposa un moment, réfléchissant au meilleur plan pour obtenir les gouttes de glace d'un ciel d'été.

Jetant un coup d'œil vers la lune, toujours voilée de nuages violacés meurtris, Keely décida d'essayer de récolter de la glace dans les nuages les plus élevés. Elle attacha les poignées souples de son sac de collection à travers quelques passants de ceinture et vola vers les amas de nuages aussi vite qu'elle le put. Les premiers qu'elle atteignit n'avaient pas de glace, juste un peu d'eau, alors elle monta plus haut. Keely remarqua qu'il faisait de plus en plus froid à mesure qu'elle montait et qu'il n'y avait pas d'étoiles pour la réchauffer ou la guider.

Directement sur son chemin, au-dessus de sa tête, des nuages lourds et meurtris se replièrent les uns sur les autres, rugissant de tonnerre à chaque collision. Des éclairs méchants zébraient les ombres. Keely frissonna, en partie à cause du froid et en partie à cause de l'inquiétude. Elle n'avait jamais volé aussi loin auparavant, même pas quand ils poursuivaient et chevauchaient les queues des étoiles, et cette fois-ci elle était seule. Avalant sa peur, elle pénétra dans le repli le plus sombre, puis recula soudainement. À l'intérieur, la foudre volait de manière aléatoire à travers l'obscurité, jaillissait parfois hors du nuage et disparaissait dans le ciel nocturne. Couchées en rangées soigneusement disposées, des boules de glace s'étiraient d'un côté à l'autre. Il était impossible de dire combien de couches de boules de glace étaient contenues, mais Keely en compta au moins cinq. À chaque mouvement du nuage, les boules de glace roulaient, s'entrechoquant ; le bruit du choc des cymbales était si fort que ses oreilles résonnaient de douleur. Elles semblaient à Keely être comme des boules de bowling miniatures qui s'entrechoquaient plutôt que dans des quilles jonglant.

Alors que Keely comptait les boules de glace, un autre amas de nuages meurtris se replia dans celui sur lequel elle se tenait, et une avalanche de boules de glace de l'intrus cliqueta sur les rangées existantes, renversant Keely. Elle glissa et heurta son chemin à travers le champ de glace, riant alors qu'elle glissait sur le rebord moelleux, ne reconnaissant pas le danger. « Eh bien, c'est un peu amusant — jouer au bowling avec seulement les boules. Je ferais bien de saisir certaines de celles-ci avant qu'elles ne commencent à tomber du ciel. « À peine eut-elle dit cela que le bas du nuage noir et bleu s'ouvrit, et les boules de glace coulèrent vers le sol. Elle ouvrit son sac, ramassant frénétiquement autant de boules de glace qu'elle put avant qu'il ne déverse tout son trésor.

Keely fut éjectée avec les boules de glace, et pendant quelques moments angoissants, elle dégringola hors de contrôle vers la terre. Des ombres de terreur la saisirent pendant sa chute. Il fallut toute la concentration de Keely pour arrêter la panique qui enflait en elle et stopper sa chute. Elle chercha un abri immédiat contre l'avalanche de glace et, regardant à gauche, vit un amas de nuages qui étaient encore argentés, pas encore noirs. Tenant le sac au-dessus de sa tête, elle vola aussi rapidement qu'elle put en plein

Récolter de la glace dans le ciel d'été.

milieu du coussin argenté. Non seulement l'intérieur était sûr et sec, mais c'était incroyablement doux et la tenait délicatement alors que les boules de glace déferlaient à travers les cieux assombris, martelant les rues et ricochant contre les arbres et les toits jusqu'à ce qu'elles perdent de l'énergie et gisent tremblantes sur le sol.

« Ouf, c'était une belle frayeur. »

Lorsque le ciel s'est calmé, Keely, soulagée, s'est extraite avec précaution de l'étreinte du nuage et a porté son lourd sac sur le toit de la maison, sac à dos, utilisant les poignées souples comme sangles. Elle poursuivit son vol vers les écuries. "J'arrive, Créa", pensa-t-elle, chantant dans l'obscurité.

Chapitre Douze

Brassage De Minuit

C'était encore sombre lorsque Keely approcha des écuries, et la lune continua de se cacher derrière les nuages. Elle fut la dernière à arriver, et les autres la saluèrent chaleureusement alors qu'elle dégageait son sac de son dos. Sa mère alluma et remit en place la lanterne à l'huile ; elle brillait, projetant des ombres étranges à travers l'écurie.

"Commençons", dit Maggie. "Voici la casserole. Je vais installer le réchaud de camping et l'allumer." La mère de Keely travailla pendant plusieurs minutes pour fixer la bonbonne de gaz, car certaines pièces étaient rouillées et difficiles à assembler. Elle réussit cependant et se tourna pour voir comment les autres se débrouillaient.

La glace du ciel d'été fondait rapidement, mais il restait encore plusieurs gros morceaux. Keely versa à la fois les boules de glace intactes et le liquide dans la casserole. "À ton tour, Growler."

Plop. Plop. Les deux glands éclaboussèrent dans la casserole alors qu'il les crachait de la poche profonde de ses bajoues.

"Content de m'en débarrasser. Ils commençaient à devenir un peu mous, et je n'aimais pas leur goût amer. Ils me gratouillaient encore plus la gorge que d'habitude", commenta Growler.

"À toi, Meowcher." Keely se tourna vers elle et la regarda de près pour la première fois depuis son retour aux écuries. "Oh là là. Que t'est-il arrivé ? Qu'est-ce qui est sur ta belle fourrure ?"

La peinture adhérait à chaque extrémité de son pelage calico, sauf sur ses vibrisses et autour de ses yeux et de sa bouche, où elle avait réussi à se lécher propre. Sa queue semblait retenir la plus grande quantité de peinture. Il y avait même quelques taches de peinture orange fluorescente et verte qui n'étaient pas visibles à la surface de l'eau mais qui s'étaient évidemment accumulées sous la surface dans les zones où Meowcher nageait pour sortir de l'eau. Il faudrait des mois pour que toute la peinture disparaisse, et elle continuerait d'être un sujet de conversation et de commentaire tout au long de cette période.

"Humph", renifla Meowcher, "c'était incroyable. J'étais Po-ol-lockée. Laissez-moi vous dire ce qui s'est passé", et elle le fit, prolongeant chaque syllabe pour souligner son indignation.

Ensuite, Meowcher déchiqueta la queue du quenouille rouge au-dessus de la casserole, la déchirant en morceaux avec ses griffes. La peinture rouge avait été absorbée jusqu'au cœur du quenouille tandis que la plante buvait dans le fossé d'irrigation, et la couleur était uniforme, "Pollockée" rouge à travers chacun des roseaux à plumes douces dépourvus de

Meowcher déchiquette les quenouilles rouges.

queue, non seulement en surface ou en vernis cachant le brun en dessous. Ils ne faisaient que peu de bruit en atterrissant et flottaient ensuite à la surface de l'eau glacée, avec quelques amas collant aux côtés de la casserole.

"D'accord, maman, à toi de jouer."

Maggie s'avança rapidement. Commençant avec dix beurres de jonquilles, elle éparpilla habilement les pétales de dix des plus jaunes, répandant leur beurre sur les plumes du quenouille. Puis elle prit la plus grande et la plus belle susan aux yeux noirs et retira soigneusement l'œil du reste de la fleur. Placé avec précaution au milieu de la marmite, sur les pétales de jonquille, il semblait s'épanouir en une fleur exotique nouvelle avec des pétales jaunes et des plumes rouges qui pointaient depuis les bords. Cela semblait presque trop joli pour être touché.

Mais Keely le fit, alors qu'elle déchirait l'écorce de Chartreudy en petits morceaux et les étalait uniformément sur les pétales. Ensuite, elle retira les larmes de Will, les tint un moment dans la paume de sa main, puis se pencha rapidement sur elles, les caressant chacune d'un baiser en les glissant dans l'eau glacée. "Merci, Will. Merci, Chartreudy", murmura Keely.

Une fois que le réchaud fut allumé, il ne fallut pas longtemps pour que la glace fonde, et quelques minutes plus tard, tout le mélange bouillait vigoureusement. Keely utilisa deux des trois bâtonnets de cannelle enroulés pour remuer la concoction, et l'odeur de cannelle flotta dans l'air, se mêlant au parfum délicat des jonquilles, des susans aux yeux noirs et de l'écorce de bouleau. Il fallut un peu plus de temps pour que les larmes de saule fondent et deviennent une partie de la potion. Elles ressemblaient à des rubans caramélisés alors qu'elles s'adoucissaient, et à mesure que le mélange se poursuivait, elles tourbillonnaient en fils opaques, s'accrochant aux boucles de cannelle jusqu'à ce qu'elles se dissolvent.

"C'est prêt. Mais je pense que c'est trop chaud pour boire." Keely versa une partie de la potion chaude dans un grand bol et commença à l'éventer avec sa main pour la refroidir. Après quelques instants, elle testa la température en trempant ses doigts dans le liquide. "Encore trop chaud." Elle continua d'éventer le mélange et de le tester de temps en temps jusqu'à ce qu'elle estime qu'il avait suffisamment refroidi pour que Crea puisse le boire sans se brûler la bouche. Meowcher, Growler, Keely et Maggie se rassemblèrent autour de Crea, qui essaya de siroter le mélange à travers la paille en cannelle. Keely tenait la fine boucle d'épice, et Maggie maintenait le bol pour qu'il ne bascule pas.

Mmm, délicieux. Cela a un goût délicieux, pensa Crea en buvant. J'aime ça.

En slurpant les dernières gouttes du bol, Crea commença à se sentir étrange. Sa tête tournait au ralenti, et elle remarqua un amas croissant d'étoiles encerclant sa corne ; le bourdonnement des voix devenait de plus en plus faible. S'affaissant, Crea tomba doucement sur un tas de paille dans l'écurie, les yeux se fermant alors qu'elle dérivait vers les étoiles qui l'attendaient.

"Que s'est-il passé ?" gémit Keely. "Oh non ! Est-elle morte ? Qu'avons-nous fait ?"

Chapitre Treize

Premiers Indices

L'angoisse semblait flotter dans l'air éternellement, le silence brisé seulement par les sanglots des quatre d'entre eux. Keely tendit la main pour caresser le cou de Crea et posa sa tête avec amour sur le dos de Crea, continuant à la toucher. De quelque part, très, très loin, vinrent des paroles apaisantes et chuchotées que seule Keely pouvait entendre, que seule Keely pouvait sentir présentes. "Chut, chut, Keely, ne pleure pas. Crea vit. Elle dort. Elle dort. Elle ne ressent aucune douleur. Ne pleure pas. Ton remède l'a endormie, et cela a refroidi la fièvre."

Et puis la voix atténuée, son inkle sense, continua, les sons caressant les joues de Keely. "Maintenant vient la partie difficile, Keely. Crea restera dans cet état reposant pendant un court moment, puis elle mourra ou se rétablira. Pour qu'elle guérisse, tu dois voyager jusqu'aux confins de l'univers pour trouver le traitement. Je te dirai ce que tu dois chercher et ce que tu dois ramener, mais je ne peux pas t'aider à rassembler les choses. Toi et Crea êtes liées, et cette connexion sera la clé de sa guérison. Meowcher et Growler sont tes assistants ; emmène Red Chariot avec toi pour ramener les ingrédients de la potion. Avant de partir, assure-toi d'obtenir de nouvelles bandes d'arc-en-ciel fraîches pour Meowcher et Growler et de les attacher autour des roues de Red Chariot. Tu n'as pas beaucoup de temps. Juste avant de partir, retourne le sablier de ton grand-père. Tu dois revenir avant que le sable rouge ne s'écoule, sinon Crea mourra. Avant tout, Keely, n'aie pas peur. Tu peux le faire. Crois en toi. Crois-en toi-même."

Keely ouvrit les yeux et jeta un coup d'œil aux autres pour voir s'ils avaient aussi entendu la voix. Mais les autres continuaient de pleurer silencieusement, pensant toujours que Crea était morte. Le soupir de la voix chatouillait la mémoire de Keely, mais elle restait oubliée. Keely savait que la voix était similaire à celle de Gramms, mais pas exactement la même. C'était l'une des voix les plus fortes dans sa tête, pas comme les voix de fées embêtantes qui la dérangeaient quand elle était enfant. Celle-ci était beaucoup plus forte et persistante, et elle voulait qu'elle agisse sur les paroles. Pendant un moment, Keely pensa que cela pourrait être la voix de son ange gardien, envoyé pour la surveiller, et elle n'était pas loin. Gramms lui disait que toutes sortes d'êtres et d'animaux spéciaux étaient des anges gardiens, et peut-être que c'était ce qu'elle voulait dire.

Keely ne savait pas que, en fait, c'était son inkle sense qui lui facilitait la tâche de ressentir les voix aussi bien que de les entendre. C'était l'une des leçons que Gramms avait prévu de lui enseigner quand elle aurait douze ans. Keely n'avait pas le choix maintenant ; elle devait le comprendre par elle-même et apprendre à faire confiance à ce qu'elle entendait et ressentait.

"Elle dort", dit Keely. "Elle n'est pas morte, pas encore. J'ai juste entendu une voix me dire ce que nous devons faire pour qu'elle ne meure pas. Nous devons nous dépêcher ; nous n'avons pas beaucoup de temps. C'est vraiment sérieux. Notre remède l'a aidée un peu et a fait baisser la fièvre, mais cela ne l'a pas guérie." Keely écarta les doutes, essayant si fort d'être courageuse, de croire en ses sens, de faire confiance à ses pensées, d'écouter ses inkles.

"Meowcher, Growler, nous devons nous préparer immédiatement pour un long voyage, et nous prendrons Red Chariot avec nous. Maman, je reviendrai dès que possible. S'il te plaît, veille sur Crea jusqu'à ce que nous revenions."

"Keely, je ne veux pas que tu y ailles", dit sa mère. "J'ai peur pour toi. Et si quelque chose t'arrive ? Pourquoi n'appelons-nous pas le vétérinaire pour voir s'il peut aider ? S'il te plaît, ne pars pas. J'ai un terrible pressentiment à ce sujet", supplia-t-elle.

"Maman, c'est quelque chose que je dois faire. Crea mourra si je n'essaie pas de la sauver. Ne t'inquiète pas. J'aurai Meowcher et Growler pour prendre soin de moi, et je serai de retour avant que tu t'en rendes compte. Maintenant, nous devons rentrer à la maison pour que je puisse préparer quelques affaires et me préparer pour le voyage."

La mère de Keely commença à protester de nouveau, à lui ordonner de rester, quand elle entendit la brise souffler doucement son nom. "Mag-gie, Mag-gie, s'il te plaît, laisse-la partir. Crois en elle. Keely peut le faire. Elle doit le faire. Aide-la à être forte. Dis-lui. Dis-lui, Maggie." Secouant la tête,

Maggie regarda la brise siffler à travers la porte de l'écurie, emportant quelques feuilles avec sa chanson. Ne croyant toujours pas tout à fait qu'elle entendait quelque chose, la mère de Keely tira la couverture en flanelle bleu et blanc à carreaux doux de son sac et la déposa doucement sur Crea qui dormait. Après avoir lissé toutes les plissures et l'avoir rentrée autour du cou de Crea, elle commença à fredonner une berceuse, murmurant les mots silencieusement : "Dors petite, ne te réveille pas, maman est là. Toute préoccupation s'en ira."

Ensuite, la mère de Keely respira profondément, se pencha et embrassa Crea sur le sommet de sa tête. "S'il te plaît, guéris, Crea. Guéris," dit-elle, et elle se leva et rejoignit les autres alors qu'ils partaient pour la maison de Keely. Juste avant de partir, Keely pensa à quelque chose qu'elle avait presque laissé derrière elle, retourna dans l'écurie, attrapa le vieux tapis et l'étendit au fond de Red Chariot.

Une fois tous dans la maison de Keely, les préparatifs devinrent un peu chaotiques. Chacun avait ses propres idées sur ce dont il aurait besoin, et la pile de fournitures grandit au milieu du sol de la cuisine. Meowcher traîna un vieux seau de plage et une pelle en plastique. Growler trouva de la corde, une grosse pelote de ficelle, et trois paquets de Bubble Yum violet rassis. Keely ajouta une serviette de plage, quelques sweatshirts, un petit marteau et une lampe de poche avec des piles D supplémentaires. La mère de Keely fit des sandwichs au beurre de cacahuète et à la confiture et un bocal d'un gallon de Kool-Aid, utilisant les paquets de saveur cerise qu'elle avait découverts en cherchant les pailles à la cannelle. Elle ajouta quelques os pour Growler et plusieurs boîtes de thon pour Meowcher.

Il ne fallut pas longtemps pour charger Red Chariot. Pendant que les autres continuaient de faire leurs bagages, Keely prit un vol rapide jusqu'à l'arc-en-ciel le plus proche. Son style de vol préféré quand elle était seule était de jibber ses bras, les écartant largement pour attraper le vent, volant à un angle pour sentir le toucher du ciel. Parfois, elle se retournait sur le dos pour avoir une perspective différente, volant à l'envers, se propulsant avec ses mains pour aller en avant ou en arrière ou pour s'arrêter et suspendre pendant quelques minutes d'observation rapprochée des étoiles. Keely sourit et ferma les yeux, glissant silencieusement et laissant l'air frais de la nuit la porter vers les rayures qui l'attendaient au loin.

Heureusement, il y avait un énorme arc-en-ciel encore en arc dans le ciel, restant du violent orage où Keely avait collecté des boules de glace. Elle commença à un bout et roula les bandes fraîches et sucrées de pêche, rose, lavande et vert menthe. Après les avoir regroupées en boule et les avoir fourrées dans son sac en taie d'oreiller, elle se dirigea vers la maison aussi vite que ses pensées pouvaient la porter.

Keely dépassa sa mère, Meowcher et Growler et entra dans le salon pour regarder le sablier, toujours debout à sa place d'honneur au-dessus de la télévision. Il était vraiment énorme, et s'il avait été par terre, il aurait dépassé la taille de la taille de Keely. Le sable rouge scintillait dans les premiers rayons du matin qui se glissaient à travers les fenêtres à persiennes vénitiennes. Keely se tint sur une chaise pour atteindre son étagère et commença à retourner le sablier pour commencer son temps, mais elle eut alors une bien meilleure idée. Le saisissant fermement des deux mains, elle descendit de la chaise et tourna le sablier non pas sur son extrémité mais sur son côté dans un coin sombre de la pièce. "Te voilà, petite sournoise", dit-elle. "Tu ne vas pas voler le temps de Crea, ni mon temps d'ailleurs. Juste en train de mentir sur le côté, le sable ne peut pas s'écouler. Hé, Gramps, je ne laisse pas ce ver du Dune voler notre temps !" Keely mégaphona vers le ciel avec des mains en forme de trompette alors qu'elle courait à travers la cuisine vers Red Chariot.

Maggie la regarda se précipiter dehors. "Keely, tu devrais peut-être porter tes bottes de cow-boy", suggéra-t-elle. "Je les ai empruntées pour mon voyage aux écuries, mais elles sont là si tu veux les mettre. Je les ai même un peu nettoyées."

"Certes. Je me demandais où je les avais laissées. Je sais qu'elles étaient couvertes de boue", dit Keely en glissant ses pieds dans les bottes encore trop grandes. Elle dut les enlever à nouveau et remplir les orteils de journaux et de boules de coton pour qu'elles puissent s'adapter. Maintenant, je ressemble exactement à l'oncle Don, pensa Keely en frottant un orteil éraflé, puis l'autre avec la manche de son pull. En frottant, quelques lettres apparurent dans la bordure en imitation peau de serpent vert faux — un nom élégant pour "faux" : d'abord un G, puis un O, ensuite un L, puis un D, suivi d'un demi-cercle arqué crachant des jets délicats de lavande, de rose, de pêche et de vert menthe.

"Où ai-je vu ces couleurs ?" dit-elle à voix haute. "Qu'est-ce que cela signifie ? G-o-l-d — hmm. Qu'est-ce que cela pourrait être ? Je connais ce signe, mais qu'est-ce que c'est ? Meowcher, Growler, qu'en pensez-vous ?"

Juste au moment où les mots sortaient de sa bouche, ils pensaient tous les trois à la réponse.

Arc-en-ciel. Arc-en-ciel d'or.

"Notre premier indice ! Nous avons notre premier indice. Allons-y," dit Keely avec excitation. L'emballage de Red Chariot fut terminé, et son vélo avait l'air plutôt déprimé, debout seul, non harnaché pour la première fois depuis longtemps. Keely sortit son rouleau d'arc-en-ciels et commença par envelopper les roues de son Radio Flyer, puis la poignée, et termina le travail en fourrant quelques morceaux entre le rouleau de ficelle et le pot de Kool-Aid. Ensuite, elle déroula deux longs morceaux de la taille d'une écharpe et enroula l'un autour du cou de Meowcher et l'autre autour de Growler. Elle attacha les deux écharpes avec leurs épingles et recula pour admirer son travail. "Eh bien, je pense que nous sommes prêts," dit-elle. "Oublions-nous quelque chose ? Faisons une dernière vérification." Jetant un dernier coup d'œil, Keely aperçut la vieille taie d'oreiller, maintenant à moitié remplie d'arc-en-ciels, assise sur le sol. "Autant fourrer cela quelque part", marmonna-t-elle. "On ne sait jamais quand nous pourrions avoir besoin d'un arc-en-ciel supplémentaire ou deux. Et ces gants en cuir qu'oncle Don a laissés — je suppose que je vais les jeter aussi. Même s'ils sont beaucoup trop grands, ils sont assez chauds."

Il a fallu plusieurs minutes pour vérifier et revérifier les fournitures, mais à la fin, ils se sentaient confiants, enfin prêts à partir. Growler se proposa de tirer Red Chariot, et Keely fabriqua un harnais pour lui à partir de deux vieilles ceintures en cuir de son père, les enveloppant de fragments d'arc-en-ciel à la dernière seconde pour aider au vol.

La mère de Keely se tenait à la porte arrière, retenant les mots "Tu ne peux pas y aller". Elle essaya de sourire en les encourageant. "Faites attention. Revenez bientôt, et ne vous inquiétez pas pour Crea. Je vérifierai souvent qu'elle va bien." Elle croisa les bras et serra sa poitrine fort, essayant de ne pas montrer sa peur. Juste au moment où elle allait dire quelque chose d'autre, une pensée lointaine lui effleura l'esprit avec un souvenir, une voix, arrêtant le flot des mots.

"Ne t'inquiète pas, maman", dit Keely. "Tout ira bien."

"Je ne veux pas —" Les mots restèrent coincés dans la gorge de Maggie. La pensée s'évapora, étouffée, changeant en "veux — mmm... et Keely, n'oublie pas de t'arrêter pour sentir les fleurs", dit sa mère avec un sourire. La mère de Keely ne pouvait pas mettre le doigt sur ce qui bloquait le flot de mots amers qui avaient l'habitude de jaillir de sa bouche, brûlant quiconque était à portée d'oreille, mais le changement était frappant et bienvenu pour ceux qui l'entouraient.

Le groupe partit dans une explosion de pensées positives. Red Chariot faillit basculer au tout premier toit, mais Growler réagit rapidement et sauva la situation. Personne n'entendit les derniers mots à peine audibles de la mère de Keely, absorbés et s'estompant dans la brume matinale. "Je crois en toi, Keely. Je crois en toi."

Chapitre Quatorze

Rivière Des Arcs-En-Ciel

Ils planaient en un silence harmonieux pendant de longues minutes, chacun absorbé par le vol, cherchant à éloigner de l'esprit les soucis concernant Crea et la tâche qui les attendait. Keely méditait sur le message mystérieux "Arc-en-ciel d'or", cherchant à déchiffrer s'il évoquait un arc-en-ciel en or, l'or à la fin de l'arc-en-ciel, ou un arc-en-ciel dont l'éclat était uniquement doré, éclipsant les autres couleurs. Le problème qui suivait serait bien sûr de démêler exactement ce qu'ils étaient destinés à découvrir là-bas, quelque chose qui pourrait soulager Crea.

Après avoir traversé quatre petits arcs-en-ciel aux teintes restreintes - rose, bleu, et jaune -, ils approchèrent un objet argenté en forme de casserole suspendu immobile dans l'éther ; les étoiles piquetèrent ses coins, illuminant à la fois la cuvette de la casserole et le manche incurvé. Il s'éleva gracieusement, dépassant de loin trois maisons empilées les unes sur les autres, une minuscule merveille architecturale. *Je me demande ce que cela peut bien être*, songea le groupe à l'unisson.

"Explorons cela. Il est temps de faire halte pour le déjeuner, et cet endroit semble propice", décréta Keely en marquant une pause en haut du manche de la casserole, choisissant un endroit aplani suffisamment large pour dresser un repas de pique-nique. "C'est fascinant. Sa surface est si douce, et je m'attendais à ce qu'elle soit froide ici, dans le ciel. Mais non. Installez-vous." Le groupe s'équilibra précautionneusement sur la surface métallique d'une largeur de deux pieds, savourant leur repas. Ensuite, Keely réorganisa Red Chariot et ajusta le harnais sur la poitrine de Growler. Cependant, plutôt que de prendre immédiatement le vol, elle ne put résister à la tentation d'explorer un peu plus cet objet mystérieux.

"Hmm, vous savez, c'est intrigant. Je me demande pourquoi il trône ici. Peut-être l'une des casseroles dont parlait Gramps. Il m'a dit qu'il y en avait deux, une petite et une grande, et que l'une semblait verser des étoiles dans l'autre. J'ai oublié laquelle représentait quoi. Et Gramms me contait des histoires au coucher où des enfants se retrouvaient coincés sur la lune et chevauchaient des casseroles pour voyager à travers le ciel. Elle les appelait des navettes à casserole. Peut-être était-ce l'une de ses histoires authentiques ? Observons le bas du manche et examinons la partie cuvette."

Le groupe descendit prudemment vers le bol de la louche, illuminé par des lumières radieuses pulsant comme la queue d'un tourbillon céleste. Il semblait suspendu dans l'espace, en attente d'une raison. Au contact, leurs mains et pattes adhérèrent, comme si elles étaient liées par un adhésif cosmique, à la lèvre du bol de la louche, les immobilisant sur place. La louche-dé slumineuse s'éleva brusquement ; elle n'attendait plus de passagers. L'image de Gramps et de sa foi inébranlable dans la toute-puissance de la Super Glu traversa l'esprit de Keely. "J'espère qu'il se trompait," pensa-t-elle, "et que cela ne soit pas de la Super Glu."

"Y-e-o-ow !" s'exclama Meowcher. Des cris jaillirent de leurs esprits et de leurs bouches alors qu'ils montaient en spirale plus haut et accéléraient si rapidement que le "ow" de leur hurlement était en retard. La peau de Keely picota de peur, et elle jeta un coup d'œil à Growler et à Meowcher. Eux aussi étaient saisis par l'appréhension ; leur fourrure était hérissée, et leurs corps tremblaient. Keely ferma les yeux, utilisant l'entraînement mental de Mariah pour apaiser d'abord sa propre terreur avant de transmettre des pensées apaisantes à ses compagnons. Alors qu'ils traversaient des bandes d'étoiles dispersées, la petite navette en forme de louche se dirigeait vers une destination inconnue. Bien que le trio se détende quelque peu, Keely scruta le groupe d'étoiles approchant, notant leur configuration singulière. Les étoiles dispersées formaient un motif ovale.

"Hmm, ces étoiles sont étranges," commenta-t-elle, "et je pense qu'elles ont la même forme que cette louche, mais beaucoup plus grandes." À l'instant suivant, ils n'approchaient pas seulement du groupe d'étoiles non dispersées, mais ils étaient presque à l'intérieur. Leur petite louche tourbillonna lentement d'abord, puis de plus en plus rapidement, fusionnant avec la grande louche d'étoiles. Une série de clics et de bruits de claquement se produisit jusqu'à ce qu'ils soient solidement amarrés à un port.

Mains et pattes libérées, ils descendirent sur le plancher de la cabine de la navette. Une douzaine d'hublots révélaient les lumières scintillantes de la Voie lactée. Pendant un moment, ils crurent être en sécurité, mais soudainement, la navette démarra brusquement, écrasant leurs corps contre les parois. Aucune ceinture de sécurité n'était nécessaire ; la force centrifuge les maintenait en place. Bien qu'immobiles, ils pouvaient communiquer par la pensée.

Conservant son sens de l'humour, Meowcher plaisanta avec les lèvres scellées : *"Au moins, nous ne balançons plus nos queues au-dessus de la Voie lactée."* Ils traversèrent hésitants pendant quelques moments à travers un ciel de mélasse, ne voyant rien et ayant l'impression d'être enveloppés de couches de mucus. Après quelques instants, la navette à double louche, avec tous ses passagers secoués mais intacts, émergea et s'arrêta net, suspendue en plein ciel, prête à débarquer.

Meowcher fut la première à se détacher du mur, jubilant de sa liberté retrouvée. Jaugeant par le hublot à ses pieds, elle vit une sorte de sol juste en dessous de sa fenêtre. À ce moment-là, elle remarqua un petit bouton sur le rebord du hublot. Sans hésitation, elle appuya dessus avec sa patte, et le hublot s'ouvrit, lui permettant de descendre au sol. "Oops," s'exclama-t-elle, suivi quelques secondes plus tard par, "Venez tous. C'est sûr. Appuyez sur ces petits boutons trucmuches. Votre fenêtre s'ouvrira !"

Growler était dans un état lamentable. Il chancelait à travers la cabine, son harnais tordu et emmêlé par le trajet, traînant Red Chariot à l'envers. Il marmonnait pour lui-même : "Bon, regardez ça. Mon Dieu ! Comment puis-je dénouer ça ? Où sont mes roues ?" Keely étouffa un rire devant sa situation, reconnaissant que ce n'était pas vraiment drôle. Elle se hâta de l'aider à redresser Red Chariot, appuya sur son bouton de sortie et ensuite sur le sien, rejoignant Meowcher sur la modeste oasis — une piste d'atterrissage poussiéreuse. Une fois que tous les trois furent descendus, les deux navettes en forme de louche décollèrent. L'embarcation Little Dipper s'ajustait parfaitement à l'intérieur de la navette Big Dipper, et toutes deux s'envolèrent vers leur port céleste d'origine — la partie nord du ciel.

Le groupe prit quelques minutes pour s'habituer au nouveau sol et pour secouer les frissons qui persistaient dans leurs bras et jambes. Ils contemplaient avec émerveillement les environs étonnants. À quelques pas devant eux, des arcs-en-ciel ornaient le sol, si on pouvait l'appeler ainsi, avec des couleurs sauvages s'entrelaçant dans les nuages violets, orange et rouges, soutenant la lumière résiduelle de l'horizon vert vif. Des traînées de feu s'élançaient dans le ciel, et des feux d'artifice fleurissaient à travers les parcelles lointaines d'obscurité - orange, vert, or, rouge, bleu et violet - éclatant avec un léger crépitement en disparaissant dans les flaques de couleur sur le sol.

Les amis restaient ensemble dans un silence total, avec trois paires d'yeux s'arrondissant, s'élargissant d'excitation tandis que le ciel continuait de scintiller de feux colorés. Keely se pencha pour toucher ce sol et découvrit qu'il bougeait. Chaque ruban de l'arc-en-ciel était en réalité une rivière de couleur qui traversait le ciel, se déversant dans l'obscurité aux bords vers des destinations inconnues. Keely enfonça sa main, encore tremblante du trajet, dans quelques-uns de ces rubans et découvrit, à sa surprise, qu'ils se déplaçaient

La Partie Éternelle du Toujours | 121

dans différentes directions. Elle trouva des rubans rouges qui coulaient vers l'est, et lorsqu'elle s'éloigna de plusieurs pieds, le même ruban rouge se déplaça vers l'ouest. "C'est assez étrange, Meowcher et Growler. Je n'ai jamais, jamais entendu parler d'une rivière qui pourrait couler dans deux directions en même temps. Je sais que ce n'est pas une rivière ordinaire, mais je me demande comment c'est possible. Et surtout, qu'est-ce que sont ces choses ? Avez-vous des idées ?"

Growler répondit d'abord, après avoir pris un moment pour se racler la gorge ; il était encore enroué à force de miauler à tue-tête. "Tu sais, on dirait qu'on est au sommet de tous les arcs-en-ciel. Peut-être que ces différents rubans descendent dans le ciel et forment des arcs-en-ciel plus près de la terre."

"Peu-t-être, y'all," ajouta Meowcher, "ça pourrait être qu'ils se déplacent dans différentes directions parce que tu as deux côtés à un arc-en-ciel." Elle faisait de son mieux pour agir comme si rien d'extraordinaire ne s'était produit lors de leur voyage. "Mais dans quelle direction se trouve le côté avec le chaudron d'or ?"

"D'excellentes théories, et elles me semblent plausibles," commenta Keely. "*Théories* et *plausibles* étaient certains de ces mots que Gramps utilisait pour décrire les bonnes idées des autres, et ils me sont venus à l'esprit et ont glissé hors de ma bouche. La vérité complète reste encore cachée, non révélée."

En fait, ils se tenaient au sommet du ciel aux rives de la Rivière Arc-en-ciel, le lieu de naissance de tous les arcs-en-ciel. La légende dit que le sommet du ciel se trouve juste en dessous du ciel, mais aucun ange gardien ne planait dans l'ombre au-dessus des amis pour les guider ou leur dire quoi faire ; les indices et les décisions devaient encore être trouvés dans leurs propres pensées et esprits.

"Vous savez, si nous suivons le ruban d'or, peut-être aboutirons-nous à l'arc-en-ciel doré, ou au chaudron d'or, et nous pourrons comprendre ce que signifie l'énigme," déclara Keely. "Le seul problème, cependant, est de deviner dans quelle direction nous pensons que le chaudron d'or se cachera—à l'est ou à l'ouest." Elle réfléchit un moment. "Votons. Qui pense que le chaudron d'or se trouve à l'est ? Levez la patte." Meowcher et Growler levèrent tous deux la patte. "A l'est, c'est décidé. Deux voix font majorité, et je n'ai même pas besoin de voter. Maintenant, tout ce que nous avons à faire, c'est découvrir comment traverser tous ces autres rubans et rejoindre le ruban d'or," dit-elle. Le ruban d'or était le plus éloigné du trio et semblait aussi être le plus large. Le groupe entier était encore couvert de boue collante du voyage sur l'objet en forme de cuillère et craignait que leurs écharpes arc-en-ciel ne les maintiennent pas en l'air s'ils tentaient de voler à travers les autres rubans. Et ils avaient raison ; aucun d'entre eux ne pouvait voler du tout. Les pensées de Keely refusaient de la bouger, et les fragments d'arc-en-ciel ne leur donnaient aucune élévation. L'équipage entier était cloué au sol pour l'instant, et pour ce qui allait être une longue période à venir.

Différentes possibilités furent discutées, y compris l'idée qu'un d'entre eux nage jusqu'au ruban d'or avec la corde, puis tire les deux autres derrière lui. Ils abandonnèrent cette idée car aucun d'entre eux n'était un grand nageur. Finalement, ils décidèrent d'utiliser Red Chariot comme un bateau avec tous à l'intérieur avec les fournitures, utilisant leurs mains et pattes comme avirons. Keely détacha Growler de son harnais et plaça Red Chariot dans le ruban rouge le plus proche. Il commença immédiatement à se remplir de liquide rouge. "Aïe ! Il n'est pas étanche," s'exclama Keely, tirant fort sur la poignée pour remettre Red Chariot sur un sol plus ferme. Elle retira tout l'équipement du wagon, y compris le tapis, et examina de près les coins intérieurs et les compartiments de Gramps. Elle découvrit que ces vieilles taches de rouille étaient en fait des trous, et il y avait au moins cinq ou six endroits qui causaient des fuites majeures. "D'accord, comment devrions-nous réparer ces fissures ? Hmm." Keely jeta un coup d'œil à l'équipement qu'elle venait de retirer du wagon et repéra les trois paquets de Bubble Yum pourpre fluorescent. "Je l'ai. Tout le monde attrape quelques morceaux de chewing-gum collant et commencez à mâcher. Nous pouvons l'utiliser pour boucher toutes les fuites, et je parie qu'il collera extrêmement bien au métal."

Le chewing-gum était rassis et presque dur comme une pierre ; il leur fallut un certain temps pour le mâcher suffisamment pour le rendre mou et collant. Il était impossible de mâcher en silence ; les boules de Bubble Yum brillant, collées fermement sur leurs molaires et palais, cimentaient presque leurs mâchoires en position ouverte. Plus ils mâchaient, plus l'odeur de raisin était forte et imprégnait l'air, ce qui plaisait à tous. Cependant, après avoir mastiqué régulièrement, Keely avala un peu trop rapidement de la salive, ce qui provoqua une irritation dans sa gorge. Une démangeaison plus tard, elle cracha deux joues pleines d'air dans le globule collant, formant une bulle de la taille d'un visage. Elle ne resta pas en l'air très longtemps, mais éclata dans ses franges et ses sourcils, couvrant son nez et ses joues. Elle rit avec les autres tout en la retirant et cracha le reste de la boule de chewing-gum sur la plus grande fissure, en arrachant un morceau pour l'ajuster sur un autre trou. Meowcher et Growler suivirent son exemple, mais Keely dut prendre en charge l'étape de l'étalement du chewing-gum car cela mettait le pelage de Meowcher et Growler en désordre. Plus collait à leur fourrure qu'aux trous. Après que Keely eut retiré autant de chewing-gum qu'elle le put de leurs pattes, Meowcher passa plusieurs minutes à les lécher. Growler essaya de les nettoyer, les trempant dans le ruban rouge puis les frottant sur le sol.

"Eh, regardez cette saleté qui colle à mes pattes. C'est du sable, mais totalement rouge," s'écria Growler. Sa voix n'était plus enrouée ; elle était presque normale maintenant, profonde et rocailleuse, et sa gorge était juste légèrement endolorie.

Keely en ramassa une poignée et la frotta avec les doigts d'une main. "Wow, je pense que c'est comme le sable rouge que Gramps utilisait dans son sablier gigantesque. Il a la même brillance scintillante, et il a l'air pareil. Je pense que je vais en garder un peu pour le ramener chez moi." Elle en ramassa quelques poignées et les saupoudra dans le sac en plastique lunch désormais vide.

Keely décida de vérifier les fuites avant de recharger Red Chariot. Elle plaça soigneusement le chariot Bubble-Yummé dans le ruban rouge et observa attentivement les taches pourpres, guettant si elles tournaient au rouge. Après plusieurs moments, Keely annonça que Char-i-boat était en état de naviguer—ou du moins qu'il n'absorbait pas de liquide indésirable. Elle retira le wagon de la rivière, et tous le reprirent avec leurs affaires, en commençant par le tapis, encore légèrement humide du premier lancement raté. Ils restèrent un moment, contemplant le nouveau Char-i-boat flottant dans le liquide rouge, et envoyèrent des pensées positives entrelacées de mots, à leur amie Crea.

"Nous arrivons, Crea. Prends soin de toi. Nous t'aimons."

Chapitre Quinze

Dreamwisher

Keely grimpa en première et se dirigea vers l'arrière de leur Char-i-boat, juste devant l'espace de stockage. Growler le suivit, se positionnant au milieu, et Meowcher sauta en dernier, s'installant à la proue. Gramps possédait autrefois un voilier lorsqu'il avait de l'argent, et bien que Keely n'ait jamais vu le bateau, elle apprit que l'arrière était à l'arrière et la proue à l'avant. Ils durent déplacer des choses pour que tout s'emboîte parfaitement à l'intérieur. Pendant une seconde, rien ne se passa, puis le Char-i-boat bascula à gauche, prit lentement de la vitesse et se dirigea rapidement vers l'ouest au milieu du ruban rouge. Aucun d'entre eux ne remarqua que le ruban rouge commençait à s'élargir dès qu'ils se mettaient en mouvement. Le ruban bleu devenait de plus en plus éloigné.

"D'accord, équipage, pagayez de toutes vos forces", ordonna Keely, plongeant une main dans le liquide d'un côté du chariot et l'autre main dans le liquide de l'autre côté.

126

Elle pagayait rapidement des deux côtés en même temps. Growler et Meowcher pagayèrent également, de la même manière que Keely, éclaboussant des gouttes rouges partout lorsqu'ils frappaient l'eau. Lentement, ils avançaient vers l'autre côté du ruban rouge.

"Yeowch !" hurlèrent Meowcher et Growler à l'unisson, retirant leurs pattes dans le chariot. "Mais quels sont ces créatures ?" Des bêtes rouges et velues avec des yeux dorés et des crochets pointus comme des griffes qui dépassaient de tout leur corps étaient accrochées à leurs pattes, se débattant furieusement pour se libérer.

"Orgacha ! Sndallogwon, reticha, reticha!"

Keely entendit les mots mais n'avait aucune idée de ce qu'ils signifiaient. Elle se concentra alors qu'ils répétaient les mêmes mots dans leurs voix aiguës et stridentes. Ils parlaient d'une seule voix, comme s'ils n'avaient qu'une seule bouche : "Orgacha ! Sndallogwon, reticha, reticha ! Orgacha ! Sndallogwon, reticha, reticha !" Le sens inné d'inkle de Keely s'alluma soudain, et les sons se transformèrent en mots pour elle.

"Libérez-nous. Ne nous faites pas de mal. S'il vous plaît, s'il vous plaît !" crièrent les créatures. Keely déchiffra les pensées-mots inconnus en anglais et les transmit immédiatement à Meowcher et Growler.

Après des mois d'entraînement mental avec Mariah puis avec Crea, Keely trouva normal de récupérer des mots non prononcés du monde qui l'entourait, qu'il s'agisse de créatures vivantes ou d'"objets" inanimés. Keely était connectée directement au cosmos. Parfois, son esprit traduisait des langues ou des sons inconnus en anglais, et elle ne réalisait même pas quand cela se produisait. Les vagues de son déclenchaient une compréhension automatique, et elle transmettait les mots à Meowcher et Growler simultanément, qu'ils en aient besoin ou non. Meowcher et Growler avaient une assez bonne compréhension de la plupart des sons, mais parfois les "mots de monstres" étaient déformés, surtout quand le duo était effrayé. Keely faisait de plus en plus confiance à ses sens maintenant, y compris celui de l'inkle, et les utilisait pour découvrir des indices. Sa capacité et sa confiance grandissaient de jour en jour.

"S'il vous plaît, approchez-vous, Growler et Meowcher", dit Keely. "Laissez-moi essayer de les enlever de votre fourrure. On dirait que leurs crochets se sont accrochés par accident." Keely travailla quelques instants pour libérer les petites bêtes, les posant soigneusement sur un morceau de tapis dégagé. "Qu'est-ce que vous êtes, ou qui êtes-vous ?" demanda-t-elle.

"Nous sommes les Rogos, gardiens des Dragons de Feu Rouges, gardiens du tonnerre, geôliers du ruban rouge. Libérez-nous immédiatement", chantèrent-ils.

"Qu'est-ce qu'un Dragon de Feu Rouge?" demanda Keely.

"La même chose que les Dragons de Feu Violet, les Dragons de Feu Bleu, les Dragons de Feu Orange, les Dragons de Feu Vert, et le gigantesque et méchant Dragon de Feu Doré," couinaient les Rogos.

"Eh bien, je suppose que cela explique tout," lança Meowcher, se sentant toujours un peu perdue quant à ce que les Rogos voulaient dire exactement.

Tous fixèrent les Rogos avec une grande curiosité, ne sachant pas ce qu'ils allaient dire ou faire ensuite. Pensant que leur hésitation était un refus de leur demande, les

Rogos proposèrent une offre. "Patachai ! Libérez-nous, et nous vous offrirons un passage sûr à travers ces eaux de feu vers celui que vous cherchez."

Pendant qu'ils s'affairaient avec les créatures, leur Char-i-boat continuait sa progression vers l'ouest à une allure toujours croissante. Sans avertissement, juste devant Meowcher, un bras écailleux de feu s'élança dans le ciel, éclatant en une averse de cristaux rouges enflammés à l'horizon. «W-ow, c'était bien près», soupira Meowcher. « Était-ce l'un de ces Dragons de Feu Rouges dont vous parliez ?»

« Oui, et il y a des dragons de feu dans chacune des rivières que vous devez traverser. Ils ont un drôle de sens de l'humour et pourraient trouver ça drôle de vous faire exploser en mille morceaux comme pièce maîtresse de leur prochaine floraison de feu.»

«Y a-t-il des Rogos dans les autres rivières aussi?» demanda Growler.

«Non, bien sûr que non», répondirent-ils. «Les Rogos ne sont que dans la rivière rouge, et les Blogos sont dans la bleue, les Pogos dans la violette, les Grogos dans la verte, et les Orgos dans l'orange, mais nous sommes tous des gardiens.»

«Vous avez oublié ce qu'on trouve dans la rivière du ruban d'or. Comment s'appellent les créatures?» interrogea Keely. Elle traduisait leur étrange langue aussi rapidement qu'elle le pouvait, manquant un mot ici et là.

«Eh bien, les Dragons de Feu d'Or sont différents, vous verrez, et leurs gardiens ne sont pas les mêmes que nous. Ils ont besoin de plus de puissance pour contrôler toute cette énergie, et ils ont aussi des devoirs supplémentaires.»

«Et ils s'appellent—?» répéta Keely.

«Wishkers», répondirent les Rogos. Le ton de couinement ressemblait presque à un cri lorsqu'ils prononcèrent le mot.

«Whiskers ? C'est un nom étrange», déclara Meowcher, remuant ses propres vibrisses à cette idée.

«Non, c'est Wish-kers. Ce sont les Gardiens des Vœux et des Étoiles de l'univers. Ils veillent sur tous les vœux et empêchent les étoiles déchues de mourir. Lorsque vous voyez une étoile tomber et faites un vœu, les Wishkers doivent réagir rapidement pour envoyer un Dragon de Feu d'Or. Ce sont eux qui attrapent et tirent la plupart des étoiles déchues dans le ruban d'or, en en jetant parfois quelques-unes dans les autres rubans aussi. Une fois capturées dans les flux, leur feu ne s'éteindra jamais. C'est un énorme travail. Et chaque fois que nous avons une comète qui traverse le ciel, beaucoup d'étoiles sont poussées et tombent sans avertissement.»

«Mais je ne comprends pas. Que font-ils avec les vœux? Vous avez dit qu'ils gardent les vœux. Gramms m'a dit que les vœux étaient portés par une étoile filante à celui qui devait entendre le vœu et qui pouvait l'exaucer. Mais si les Dragons de Feu d'Or attrapent les étoiles et les vœux, comment un vœu peut-il jamais se réaliser?» demanda Keely.

«Eh bien, c'est une bonne question», répondirent-ils, «et une question que les Dragons de Feu d'Or devront éclaircir. Nous ne pouvons raconter que l'histoire que nous connaissons.» Alors que Keely écoutait l'explication, elle continuait automatiquement à traduire les pensées-sons étrangers en anglais pour Meowcher et Growler. C'était si fluide que personne ne remarqua que cela se faisait, sauf lorsque le dialogue contenait un mot inconnu occasionnel, jusqu'à ce que Keely le déchiffre.

"Il y a très longtemps", commencèrent les Rogos, "les Dragons de Feu d'Or travaillaient en étroite collaboration avec un grand groupe de licornes, leur confiant tous les vœux, espoirs et rêves capturés avec les étoiles. C'était le devoir des licornes de les accorder et de les livrer aux demandeurs de vœux appropriés. Puis, un jour, tout a changé. Une bagarre a éclaté, et l'un des plus grands Dragons de Feu d'Or a perdu son feu pendant un mois, la punition pour avoir laissé tomber des étoiles déchues en dehors des rubans de Rainbow River. Il a accusé les licornes de le distraire, même si c'était probablement sa faute pour avoir essayé de porter quatre étoiles en même temps alors que la charge normale était d'une. Lorsque son feu est finalement revenu, sa taille, son tempérament vif et sa capacité à cracher du feu sur de grandes distances en ont fait le dragon de feu le plus puissant de tous ; tout le monde était forcé de suivre ses ordres. Il a ordonné aux plus petits Dragons de Feu d'Or de jeter les vœux, les espoirs et les rêves et de se concentrer sur la capture des étoiles et de les faire pleuvoir dans les rubans. À partir de ce jour-là, tous les Dragons de Feu d'Or ont refusé de remettre les vœux, les espoirs et les rêves aux licornes et, au lieu de cela, les ont jetés après avoir attrapé les étoiles. Les licornes ont fait de leur mieux pour s'excuser, même si ce n'était pas de leur faute, mais les Dragons de Feu d'Or ont refusé d'écouter. Ensuite, le Super Dragon de Feu d'Or a ordonné aux autres de commettre un acte encore plus maléfique. Ils ont été ordonnés de capturer les licornes et de les enfermer quelque part sous l'arc-en-ciel. Nous, les Rogos, devons être extrêmement prudents et prendre soin des Dragons de Feu Rouges, faisant ce que les Dragons de Feu d'Or veulent que nous fassions. Si nous ne suivons pas leurs ordres, le chef des Dragons de Feu d'Or a menacé de couler dans tous nos rubans, volant leurs couleurs—et nous faisant disparaître. Nous ne connaissons pas toute l'histoire, mais le dernier endroit où nous voulons finir est enfermé sous l'arc-en-ciel—"tagagondos."

Un instant plus tard, Keely reconnut ce mot et le chuchota avant qu'ils ne continuent : "sans ruban."

Les Rogos élargirent leur explication. "La Rainbow River est le lieu de naissance de tous les arcs-en-ciel — le Centre de l'Arc-en-ciel, pour ainsi dire — et une partie des devoirs des gardiens est de s'assurer qu'un arc-en-ciel apparaît après chaque pluie. Mais parfois, aucun arc-en-ciel n'apparaît, ou vous obtenez une fine bande à deux ou trois couleurs au lieu de cinq à sept nuances. Cela se produit parce que les dragons de feu font la grève ou sont paresseux et ne veulent pas envoyer d'arc-en-ciel, alors nous les taquinons un peu pour tapisser le ciel de couleurs vives. Parfois, ils les crachent dans le ciel, et d'autres fois, ils en accrochent un à leur queue et le tirent à travers le ciel. Ils tirent toujours ceux qui apparaissent après ces gigantesques tempêtes avec la pluie qui dure des heures ; un magnifique arc-en-ciel est vital pour restaurer la lumière dans le ciel. Il se fait tard maintenant, et nous devons retourner au travail avant que nos Dragons de Feu Rouges ne se rendent compte que nous sommes partis. Acceptez-vous nos conditions, de nous libérer si nous vous assurons un passage sûr vers le ruban d'or ?" Les énervants cris stridents des Rogos s'arrêtèrent enfin.

Keely jeta un coup d'œil à ses compagnons, qui hochèrent

tous deux la tête en signe d'accord, et elle parla pour tous. "Oui, nous sommes d'accord. Nous vous libérerons après avoir atteint en toute sécurité le ruban d'or."

À peine un moment ne s'écoula avant que les Rogos ne bougent et se tiennent ensemble à l'avant du Char-i-boat. Ils levèrent leurs bras hirsutes ensemble et commencèrent à les tournoyer aussi vite qu'ils le pouvaient, monotones, récitant les mots suivants : "Rogos. Rogos. Arcs-en-ciel-Bow. Arcs-en-ciel-bow. Arcs-en-ciel-Bow. Ruban d'or maintenant."

Dans un éclair de lumière brûlante qui se répandit sur les rubans, un pont coloré surgit de la brume aux couleurs de l'arc-en-ciel. Les planches étaient des quelques choses solides qui tenaient ensemble comme un puzzle de briques Lego. D'abord les marches rouges, puis bleues, violettes, vertes et oranges. À la toute dernière marche orange, les planches se tournèrent sur le côté et semblèrent être faites d'or massif, s'étendant sur environ six pieds et atteignant ce qui semblait être le sol du côté le plus éloigné de cette autoroute de l'Arc-en-ciel. Ne voulant prendre aucun risque, Keely sauta hors du Char-i-boat et commença à le tirer rapidement sur le pont, avec Meowcher, Growler et les Rogos comme passagers. Au milieu de la planche violette, elle jeta un coup d'œil dans le liquide et secoua la tête violemment. Au lieu de sa propre réflexion, elle contempla les yeux d'une licorne violette.

"*Cavè!*" la langue archaïque toucha d'abord les sens de Keely, avant que la licorne ne continue dans un style plus formel d'anglais qui lui rappelait Simon. "Aidez-moi. Ils m'ont piégé, et je ne peux pas me libérer. S'il vous plaît, aidez-moi. Chut. Ne laissez pas les Rogos vous entendre." Keely comprenait la plupart du discours de la licorne mais ne transmettait pas les pensées aux autres. Il répétait un mot encore et encore : "*Cavè ! Cavè ! Cavè !*" Keely pensait qu'il parlait d'une grotte, mais la licorne passa à l'anglais, et le mot "*cavè*" se traduisit par "Attention ! Attention ! Attention ! Soyez prudent !"

Réprimant son choc, Keely demanda calmement comment elle pouvait aider. Elle se pencha pour que son visage soit presque dans le liquide violet et dit aux autres qu'elle regardait à quoi elle ressemblait dans un miroir violet. "Vite, je n'ai que peu de temps avant que les Rogos ne deviennent suspects", dit-elle. "Dites-moi ce que je peux faire pour te libérer. Es-tu le seul prisonnier, ou y en a-t-il d'autres ?"

La réponse de la licorne violette prit Keely totalement par surprise. "Oh, non et oui, il y en a beaucoup d'entre nous ici, en dessous de la source de l'arc-en-ciel, et la plupart d'entre nous sommes enfermés dans de vastes grottes gardées par les Dragons de Feu d'Or. J'ai réussi à m'échapper de la caverne mais me suis retrouvé piégé dans cette boue violette. J'utilise toute mon énergie pour m'empêcher d'être aspiré par le bord violet de l'arc-en-ciel. Ce pont est mon salut, mais quand les Rogos le retireront, je serai perdu à jamais si je ne peux pas sortir maintenant."

"Mais tu ressembles à une réflexion, comme si tu étais sous une couche lisse de verre. Comment puis-je te rejoindre ? Comment puis-je te sortir ?"

"Je ressemble seulement à une réflexion. N'as-tu pas un seau ? Si c'est le cas, tu peux simplement me sortir, et je resterai dans cet état liquide jusqu'à ce que tu me verses sur les sables violets. J'ai besoin des grains de violet pour me mélanger afin de retrouver ma véritable identité. Une fois que je serai moi-même de nouveau, je courrai devant toi sur ce pont et te retrouverai dans la plus grande caverne sous l'arc-en-ciel."

"Keely, pourquoi mets-tu autant de temps ?" aboya Growler. "Qu'est-ce qui est si intéressant dans cette boue violette ?".

"En fait, cette substance violette est plutôt intéressante", répondit Keely. "Passez-moi le seau de plage en plastique, s'il vous plaît. Je veux en ramener un peu à Crea. Je pense qu'elle aimera en éclabousser un peu sur sa corne, imaginant à quoi doivent ressembler les Dragons de Feu Violets."

"C'est facile", répondit Growler d'une voix grave et rauque. "Je suis assis sur ce seau, alors je sais exactement où il est. Tiens, prends-le, ou veux-tu que je te l'apporte ?"

"Non, ne vous embêtez pas. Je peux l'atteindre. Merci beaucoup." Keely saisit le seau, tourna le dos aux passagers du Char-i-boat et le plongea rapidement dans le reflet de la licorne. Elle veilla à récupérer tous les éclats restants de son ombre. Il ne lui fallut qu'un coup d'œil dans le seau pour découvrir que la pointe d'une corne apparaissait, alors elle agita le liquide jusqu'à ce que toutes les traces d'une image disparaissent. Sans plus un mot, Keely saisit le seau d'une main et la poignée du Char-i-boat de l'autre, se dépêchant autant qu'elle le pouvait jusqu'à la fin de la planche violette.

Dans le dernier tronçon, elle fit une pause, scrutant vers l'avant par-dessus le rebord. Là-dessous s'étalait une fine bande de banc de sable pourpre, entre le liquide violet et le commencement du ruban vert. "Un instant, mes amis", dit-elle. "Je veux récolter quelques-uns de ces grains de sable pourpre. Ils sont si beaux." Se penchant pour atteindre le sable, elle plaça délicatement le seau parmi les minuscules scintillements qui ressemblaient à du sel. Faisant semblant de saisir quelques grains de sable, elle renversa soigneusement le seau échoué, visant la frange de sable, et observa le liquide disparaître immédiatement dans l'éclat du sol. "Waouh !", s'exclama Keely à voix basse.

"Qu'est-ce que c'est ? !", s'écrièrent Meowcher et Growler ensemble. Alors qu'ils observaient, une corne gracieuse et torsadée émergea doucement de la masse scintillante.

Ch-whoosh. Ils protégèrent leur visage des minuscules paillettes qui tournoyaient en cercles devant eux. Des tas de sable scintillant se tortillaient comme un énorme python, ondulant silencieusement, de gauche à droite, de haut en bas, devenant de plus en plus gros à chaque tour. La fine bande s'élargit, s'allongea, s'éleva et régurgita un énorme amas de sable pourpre dans l'air. Meowcher et Growler serrèrent les jambes de Keely par peur pendant que leurs yeux suivaient le parcours de l'amas.

À ce moment-là, l'activité sur la plage pourpre avait également attiré l'attention des Rogos. En deux clignements d'œil, la brume se dissipa, et debout devant eux sur le pont se tenait une créature magnifique — une licorne pourpre. La corne unique de la licorne était presque deux fois plus grande que celle de Crea, et la spirale était inhabituelle, avec des rayures d'or, d'argent et de l'arc-en-ciel (rose, jaune et vert). Son pelage pourpre scintillait comme des flocons de neige gelés accrochés à une fenêtre par une journée ensoleillée d'hiver, et en secouant la tête, des éclats de diamant des paillettes éclaboussèrent leur chemin. Sa crinière et sa queue semblaient être une cascade de stalactites d'argent. Elles ressemblaient exactement à celles que Gramms faisait toujours mettre à Keely sur le sapin de Noël, une à une, afin qu'aucun morceau du miroir ne soit perdu. Et après Noël, chaque stalactite était retirée soigneusement de l'arbre, étalée à plat sur des feuilles de journal, enveloppée, et finalement pliée en deux pour qu'elles ne deviennent pas bosselées et froissées. Certaines stalactites avaient été suspendues, pliées et re-suspendues pendant plus de Noëls que Keely n'en avait vécu.

"Merci, Keely", dit la licorne en s'inclinant. "Je te dois ma vie. Je te verrai bientôt, sous l'arc-en-ciel."

"Quel est ton nom ? Tu connais le mien, mais je n'ai pas entendu le tien", dit Keely.

"Oh, mon nom — on m'appelle Reve Wisher. J'écoute ces vœux spéciaux, ces espoirs et ces rêves envoyés sur les étoiles filantes et j'essaie de les réaliser. Cependant, j'ai été capturé par les Wishkers, et lorsque Rainbow Simon a entendu mon appel à l'aide, il a été piégé lui aussi. Je dois partir maintenant avant que les Wishkers ne m'entendent et viennent me piéger à nouveau. N'oublie pas le lieu de notre prochaine rencontre."

Avec un autre coup de tête et un balancement de la queue à paillettes, Reve Wishers'élança sur le pont, disparaissant dans la brume bordant le ruban d'or.

"Oh, non !", couinèrent les Rogos à l'unisson. "Les Wishkers vont être furieux ! Comment a-t-il échappé ? Est-ce que tu l'as aidé, Keely ? Comment est-il sorti du sable mouvant du ruban violet ? Je ne pense pas que quiconque n'ait jamais échappé une fois fondu en 'beurk'."

"Je m'appelle Reve Wisher."

La réponse de Keely fut brève et directe, sans regret dans sa voix. "Oui, je l'ai aidé, et je le referais sans hésiter." C'était une autre expression que Gramms avait l'habitude d'utiliser chaque fois qu'elle prenait une décision dont elle était très fière.

"Yerogamacha ! Si vous voulez survivre, je suggère que nous nous dépêchions de traverser ce pont", couinèrent les Rogos nerveux, de la voix la plus forte possible. "Si les Wishkers entendent parler de l'évasion et que c'est vous qui en êtes responsables, ils essaieront certainement de vous capturer, et nous aussi serons punis. Nous ne voulons pas finir dans les grottes avec les autres. Yerogamacha ! Allons-y."

Keely manqua le mot la première fois mais le saisit la seconde - "dépêche-toi". Elle saisit fermement la poignée de Char-i-boat et la tira avec vigueur tout en courant sur la planche verte. Elle franchit le petit intervalle entre la planche verte et la planche orange, écoutant le crissement des roues derrière elle. Elle ne jeta même pas un coup d'œil dans le liquide vert mais fit une pause un moment pour regarder dans le ruban orange. Elle étouffa sa surprise et fut presque figée par la peur, ce genre de terreur qui suspend votre cœur jusqu'à ce que vous repreniez votre souffle. Un grand nombre de Dragons de Feu Orange, pressant avec force contre le pont, se dressait devant elle, tandis qu'un groupe de Dragons de Feu Verts tentait de rompre le lien derrière Keely. Les ondulations des dos des dragons de feu semblaient des serpents de feu coloré, à peine contenus par le pont. Il commença à grincer fort, les maillons commencèrent à plier, et un grondement les poursuivit par derrière.

Sans s'arrêter de nouveau pour voir ce qui grondait, Keely

courut à travers les planches orange avec une rapidité dont elle ne se savait pas capable, traînant Char-i-boat derrière elle. Meowcher, Growler et les deux Rogos faillirent presque être éjectés alors qu'elle s'éloignait du bruit derrière elle. Une fois qu'ils atteignirent le ruban doré, les planches scintillantes restantes commencèrent à fondre pendant qu'elle courait. À chaque pas, ses bottes de cow-boy vertes s'enfonçaient de plus en plus dans la boue, et les roues de Char-i-boat étaient presque complètement recouvertes de substance gluante.

"Encore un peu. S'il vous plaît, juste un peu plus", supplia Keely.

À ce moment-là, les deux Rogos sautèrent hors de Char-i-boat ; l'un alla à l'avant pour tirer avec Keely, et l'autre alla à l'arrière et commença à pousser furieusement. À contrecœur, la substance dorée libéra Char-i-boat, et ils se précipitèrent tous les quelques pieds restants jusqu'à l'autre côté du ruban doré. Au moment précis où leurs pieds et pattes touchèrent le sable jaune vif, tout le pont disparut dans une vague de flammes liquides, et les Dragons de Feu Rouge, Dragons de Feu Bleu, Dragons de Feu Pourpre, Dragons de Feu Vert, et Dragons de Feu Orange s'envolèrent simultanément dans le ciel. Les Rogos saisirent instantanément le tapis de Char-i-boat et le déployèrent au-dessus de la tête de tout le monde. Des douches d'écailles de dragon brillantes tombaient tout autour d'eux – violettes, rouges, orange, vertes, bleues, et quelques-unes dorées – rebondissant sur le sable jaune et le tapis. Des sons de crépitement et des odeurs de laine brûlée se mêlèrent au spectacle de lumière hors du commun qui les entourait. Les battements continuèrent pendant ce qui semblait être des heures, mais, en fait, ce n'était que quelques minutes.

"Bon sang, c'était yarakat — proche, trop yarakat pour nous. Mais une promesse est une promesse", dirent les Rogos. "Eh bien, nous vous avons amenés ici en toute sécurité. Maintenant, nous devons retourner pour protéger les Dragons de Feu Rouges. Nous pensons qu'ils sont tous devenus un peu sauvages, et il faudra un certain temps pour les calmer. De plus, nous ne voulons pas être dans les parages lorsque vous rencontrerez les Wishkers. Vous ne voulez vraiment pas plaisanter avec eux, surtout quand ils se joignent à une attaque avec les Dragons de Feu Or. Ils sont beaucoup plus grands que nous et très puissants. Mais vous avez le tapis. Nous n'en avons pas vu un depuis plus de cinquante ans. La dernière fois, c'était quand un jeune homme anonyme, qui n'a jamais été revu depuis, les a combattus en échec. Le tapis est très puissant, et sa pleine puissance est inconnue. Utilisez-le contre eux et pour vous protéger." Sans plus de conversation, ils se tournèrent dos à dos ; firent tournoyer leurs bras velus une fois de plus de concert ; prononcèrent quelques mots inconnus et garbled ensemble ; et tournoyèrent devant le trio, maintenant silencieux à côté de Char-i-boat. Ils regardèrent les Rogos glisser sur le dessus des rubans de feu, disparaissant sous la surface juste au moment où ils atteignirent le bord du liquide rouge — leur chez-soi.

Chapitre Seize

Tapis Magique

Keely exhala un soupir de soulagement, un sentiment partagé par Meowcher et Growler. Elle rassembla ses pensées avant de s'adresser à ses compagnons.

"Cela, mes amis, fut une odyssée extraordinaire. Vous portez des blessures?"

"Je suppose que non, mais mes dents claquent toujours. Je ne sais pas si c'est à cause du froid ou de la peur persistante", répondit Meowcher en frissonnant. Growler ajouta, "De même. Regardez le tapis. Il y a des endroits où les écailles de dragon ont presque percé. Pourtant, regardez au centre, des grappes d'entre elles, éteintes, prises dans ce cercle intérieur gravé sur le tapis, comme prises dans une toile délicate d'araignée. Intriguant. Avez-vous remarqué ? Le tapis entier ressemble à une création d'araignée. Observez les cercles interconnectés, chacun diminuant en taille, avec une grille délicate en arrière-plan, empêchant les écailles de dragon de percer à travers. Je me demande quel en est le but. C'est remarquable, Keely. D'où vient-il ?" Growler éclaircit sa gorge avec une toux graveleuse.

"Une question intrigante en effet", répondit Keely. "Je l'ai découvert dans le grenier, niché dans un vieux coffre appartenant à mon grand-père. Au début, je croyais que c'était un vestige de ses exploits juvéniles en Arabie saoudite, bien avant qu'il n'épouse ma grand-mère. Cependant, regardez le sable rouge que j'ai collecté. Il ressemble de plus en plus à la même substance que Gramps a placée dans le grand sablier chez nous. Il brille de la même manière, même dans la lumière atténuée que nous avons maintenant. Il prétendait invariablement qu'il venait des dunes rouges du désert perdu d'Arabie saoudite. Cependant, il y avait toujours un éclat dans ses yeux quand il en parlait, suggérant que personne d'autre ne déterrerait jamais le même sable, car il existait dans un royaume au-delà des limites du ciel et de la terre. Compte tenu que l'Arabie saoudite se trouve de l'autre côté de la Terre depuis les Appalaches, je l'ai initialement interprété comme une référence géographique. Mais maintenant, le doute m'assaille, d'autant plus que ce tapis présente des pouvoirs extraordinaires, il nous a protégés des dragons de feu. Qui connaît sa véritable origine ou comment il pourrait nous aider à l'avenir ? Heureusement, les Rogos en ont reconnu la nature et l'ont utilisé habilement."

"Vous avez raison, Keely", miaula Meowcher. "Il serait peut-être prudent d'extraire les écailles de dragon prises dans le tapis. On ne sait jamais quand elles pourraient s'avérer avantageuses. J'apprécie leur éclat ; elles rivalisent avec la beauté des saules marquants qui ondulent." Pour Meowcher, une touffe de saules marquants se classait étroitement avec les quenouilles en termes d'attrait naturel.

"C'est une excellente idée." Growler s'avança, essayant de dégager la pile d'écailles incrustées. "Grr—aïe ! Fais attention. Ces choses sont plus tranchantes que des rasoirs. N'en touchez pas les bords."

Après plusieurs minutes, l'équipe parvint à récupérer les écailles piégées. "Voyons voir. Où les mettre ?" déclara Keely. "Que diriez-vous du pot de Kool-Aid ? D'abord, finissons de boire le peu qui reste. Je pense que le pot est l'endroit parfait pour conserver ces morceaux de dragon." Après avoir avalé les dernières gouttes du liquide à la cerise, ils laissèrent tomber les écailles, une par une, dans le pot et vissèrent le couvercle fermement. Ensuite, ils placèrent soigneusement le pot dans leur fidèle Chariot Rouge.

Par la suite, ils levèrent les yeux et virent les bâillements de l'autre. *Je suis crevé*, pensèrent-ils à l'unisson.

"Trouvons un endroit pour dormir avant de commencer notre voyage jusqu'au bout du ruban d'or", déclara Keely. "On dirait qu'il y a un endroit doux au bord des sables jaunes. Allons-y."

Keely mena le groupe au bord et découvrit un coussin de nuage argenté situé à l'extérieur de la zone arc-en-ciel. Il était entouré de ce qui semblait être des champignons. Cependant, Keely se pencha pour examiner de plus près les champignons et découvrit qu'ils étaient en réalité des fleurs en forme de champignon. Dans la lumière tamisée qui s'estompait, les fleurs du champignon luisaient de leur propre feu, pulsant lentement, comme si elles respiraient. Keely commença à en cueillir une mais décida de ne pas le faire et la caressa plutôt. "Ooo, ils sont si doux et lisses au toucher, presque comme des plumes", dit-elle. Tout en continuant à caresser la petite fleur, elle gonfla sous sa main, révélant des couvertures de pétales. S'agenouillant sur le coussin argenté, elle enfouit son visage dans la fleur et respira profondément, exactement comme Gramms lui avait appris à le faire. Les yeux clos doucement, Keely fut submergée par des senteurs variées : des couches de frangipanier entourant d'autres de bois de santal, puis du gardénia, et au tout centre, les pétales les plus délicats de tous, de petites perles blanches de jasmin. Souriant, respirant l'arôme qui imprégnait son sourire, son nez et ses oreilles, Keely rouvrit les yeux. Elle entendit une voix mélodieuse et chuchotante, la même qui lui avait dit de chercher un remède pour Crea, de trouver de l'or arc-en-ciel. Cette fois, elle la guida pour cueillir les fleurs et les emporter dans leur voyage.

Même si elle ne pouvait pas identifier la voix dans sa tête, Keely savait qu'elle devait lui faire confiance. *Je parie que cela a quelque chose à voir avec ce don d'inkle dont Gramms parlait sans cesse*, pensa Keely. Parfois, la voix sonnait exactement comme Gramms, d'autres fois comme des chuchotements d'arc-en-ciel, et parfois elle parlait un dialecte mystérieux que Keely ne pouvait que ressentir ; elle ne pouvait pas déchiffrer des mots individuels. Dans ces moments, Keely fermait les yeux, ressentait le message et savait quoi faire. Elle utilisait la même technique que Mariah lui avait enseignée pour déchiffrer des mots de vocabulaire, des labyrinthes ou des fractions complexes. Cela fonctionnait aussi pour des messages inconnus ainsi que pour des dialectes et des voix animales ou monstrueuses inhabituelles, comme elle l'avait découvert avec les Rogos. Plus important encore, cela apaisait ses peurs.

"Je le ferai", respira Keely. Elle rassembla lentement trois échantillons de champignons, en plaçant un dans le Chariot Rouge, qui était actuellement soulagé des devoirs de Char-i-boat. Elle fourra les deux autres dans une poche arrière pour le moment afin de pouvoir profiter de l'odeur.

Keely cessa de douter des messages que personne d'autre ne pouvait entendre, et sa confiance se renforça chaque jour. Elle réalisa que son sens de l'inkle était responsable de certaines de ces petites poussées supplémentaires pour agir sur des choses qu'elle voulait déjà faire mais ne se faisait pas entièrement confiance pour accomplir. Chaque fois que Keely avait des doutes momentanés ou que la peur interférait avec ses décisions, la voix de Gramms résonnait dans son esprit : *C'est bon. Tu peux le faire. Crois-y.* Keely étouffait d'abord ses craintes, puis aidait Meowcher et Growler dans leurs moments effrayants.

Ils s'installèrent pour la nuit, et le nuage argenté fit un oreiller incroyablement doux sur lequel dormir et rêver. Une fois leur nid prêt, Keely décida de tirer le tapis par-dessus eux pour se protéger du froid qui s'insinuait comme un brouillard sur toute la zone arc-en-ciel. En repliant les coins étroitement de sorte que chaque centimètre de leur corps soit couvert, ils se blottirent ensemble, Keely au milieu et Growler et Meowcher de chaque côté. "Ne vous inquiétez pas, les amis. Tout ira bien. Il n'y a rien à craindre cette nuit", encouragea Keely. Les mots étaient autant pour son bénéfice que pour le leur.

Le sommeil vint rapidement, quelques instants après avoir fermé les yeux. Leurs rêves étaient pleins de berceuses apaisantes et de souvenirs de vols et de rires avec Crea, mêlés à de courts instantanés de cauchemars. Des tempêtes monstrueuses de grêle, des maelstroms aspirant les étoiles et des vents avalant le tonnerre gémirent au-dessus d'eux et versèrent des torrents de larmes de feu.

Ils étaient inconscients des terreurs de la nuit qui les entouraient. Alors qu'ils dormaient profondément à travers des ondulations et des vagues d'attaques par les Wishkers et les Dragons de Feu d'Or, la toile de capture des dragons les protégeait. Avec le lever du soleil, le sourire du soleil dissipa le brouillard, les rubans arc-en-ciel scintillèrent et pulsèrent avec un battement différent, et le soleil orangé et bleu s'affaissa à l'horizon. Des éclats de lumière transperçaient les endroits usés de leur attrape-dragon, faisant remuer les têtes somnolentes.

Bâillant ensemble, Keely étira ses bras vers le ciel, et Meowcher et Growler cambrèrent leurs dos, les queues saluant, marchant raides pendant quelques pas jusqu'à ce que leurs corps appartiennent de nouveau au monde éveillé. "Bon sang, je pense que c'était la meilleure nuit de sommeil que j'ai eue depuis très longtemps. Je me sens tellement détendue et étrangement heureuse", commenta Keely.

"Moi aussi", ronronna Meowcher.

"Et cela vaut aussi pour moi", fit remarquer Growler. La profondeur de sa voix résonna contre le silence du matin. "Mais je ne dirais pas non à un peu de nourriture. *J'ai* faim."

L'équipage s'approcha du Chariot Rouge et remarqua le tapis pour la première fois depuis qu'ils l'avaient repoussé en se levant. Il était complètement recouvert d'écailles d'or de dragon, solidement prises dans la toile du tapis. Quelques endroits étaient complètement dégarnis, laissant passer la lumière. *"Très étrange"*, dit Keely. *"Je n'ai rien entendu* cette nuit. Avez-vous entendu quelque chose ? Cela a dû être une attaque vicieuse, à en juger par le nombre d'écailles ici. Merci à notre toile attrape-dragon."

"Je n'ai rien entendu non plus", répondit Growler. "Cela me donne un peu le frisson d'y penser, c'est tellement incroyable. Recueillons aussi ces écailles et ajoutons-les à la collection du pot de Kool-Aid."

Ils séparèrent soigneusement les écailles de dragon de la toile du tapis et les plongèrent dans le pot avec les autres. «Vous ne trouvez pas qu'elles sont plus grandes, plus lourdes et plus tranchantes que celles vertes, rouges, violettes, bleues ou oranges ?" demanda Keely. "C'est un peu effrayant, mais non seulement nous allons bien, nous nous sentons super aussi."

Après avoir replacé soigneusement le pot dans le Chariot Rouge, Keely sortit du thon pour Meowcher, des os pour Growler et un sandwich au beurre de cacahuète pour elle-même. "Il est temps de manger. J'ai une idée pour nous procurer quelque chose à boire maintenant que notre Kool-Aid est parti."

Keely alla au bord du nuage argenté et en détacha un gros morceau, le transportant doucement jusqu'au Chariot Rouge. "Passez-moi quelques récipients, s'il vous plaît", dit-elle. "Voyons si cela fonctionne."

Meowcher apporta une tasse et deux soucoupes, équilibrées sur sa tête. "Voilà pour vous tous." Les plaçant sur le sol, Keely pressa doucement le nuage sur les trois pièces. Lentement, le nuage commença à pleuvoir, remplissant les soucoupes et la tasse avec l'eau la plus propre et la plus fraîche des cieux les plus élevés. Elle arrangea le reste du morceau de nuage dans le Chariot Rouge, le rassemblant autour du pot presque plein d'écailles de dragon.

Maintenant, repus et désaltérés, l'équipe de sauvetage était prête à chercher Reve Wisher dans la caverne sous l'arc-en-ciel. Évitant le ruban d'or pour le moment, ils se dirigèrent vers l'est, se déplaçant aussi rapidement que possible le long de la bande étroite de sable jaune. Le pot plein d'écailles de dragon tintait bruyamment alors que le Chariot Rouge heurtait le sol, Keely tirant la poignée. Meowcher et Growler prirent leurs positions de garde flanquant le vieux chariot, queues dressées, oreilles dressées. Gramms disait souvent à Keely de s'assurer de garder les oreilles dressées quand elle voulait que Keely prête une attention particulière à quelque chose d'important. Quatre oreilles étaient dressées, pas de fléchissements, attentives à chaque son, certainement dressées selon la pensée de Keely. Après plusieurs minutes, ils atteignirent le bord de la zone arc-en-ciel et jetèrent un coup d'œil sur une chute multicolore en forme de falaise, regardant les rubans se déverser dans un puits sans fin dans le ciel noir.

"Hmm. Comment diable pouvons-nous descendre ça ?" dit Keely. "Le vol est exclu—je ne sais toujours pas pourquoi. Je ne pense pas vouloir essayer de rouler sur le rebord en Char-i-boat, surtout depuis que nous sommes dans le territoire des Wishkers et des Dragons de Feu d'Or. Si nous sautons dans le flux, je ne suis pas sûre que nous pourrions nous arrêter et sortir du ruban une fois que nous commençons à descendre, ou quelles créatures pourraient se tapir dans le courant sous-jacent, attendant de nous attraper. Nous devons passer sous l'arc-en-ciel et explorer la chambre des grottes, mais je n'ai aucune idée de l'emplacement de l'entrée ou de son apparence. Elle pourrait être à mi-chemin de cette goulotte, tout en bas, ou ailleurs. Vous avez des idées ?" demanda Keely.

"Eh bien", dit Growler, "on dirait qu'il y a une petite quantité de sable coincé le long du bord même du ruban. Il brille comme s'il était gelé ou recouvert de glace. À quelques pouces de là, le ruban s'écoule très rapidement. Il n'y a pas assez de place pour tirer le Chariot Rouge le long de la bande étroite, mais peut-être pourrions-nous le descendre avec la corde et ensuite essayer de descendre sans tomber dans les rubans. Je ne suis pas sûr que nous puissions le faire car c'est raide et le bord est si étroit—nous pourrions commencer à glisser et à glisser dans le liquide ou, pire encore, dans l'abîme béant. Il n'y a rien pour s'accrocher—pas de pierres ni de rochers. Dommage que nous ne puissions toujours pas voler. Si nous avions du matériel d'escalade, nous pourrions utiliser quelques-unes de ces pointes métalliques pour descendre le mur de glace."

"Oh, je vois de quoi tu parles", dit Keely. "Ce sont des pitons. Nous avons lu Heidi à l'école, et le frère de ma professeure, un grimpeur de rochers et de montagnes, est venu et nous a montré ses trucs. Après cela, piton était un mot d'orthographe que Mariah m'a aidé à apprendre. On est censé les enfoncer dans la roche ou la glace et passer une corde à travers une sorte d'œillet pour pouvoir glisser vers le haut ou vers le bas de la montagne sur le câble. Nous avons une corde et un petit marteau, mais que pouvons-nous utiliser pour les pointes ?"

Les sauveteurs contemplèrent le Chariot Rouge, se concentrant silencieusement sur le problème à résoudre, focalisant et parallélisant leurs pensées sur le pot d'écailles de dragon. "Celles-ci sont assez tranchantes et certainement assez solides pour faire office de crampons, mais elles n'ont pas de trou", dit Keely. "Et je ne trouve pas de moyen d'attacher la corde. Hmm. Peut-être que nous n'avons pas besoin de fixer la corde. Si nous parvenons à enfoncer les écailles assez profondément dans la glace, nous pouvons créer des marches. Une fois que j'en ai mis une en place, je peux descendre et marteler la suivante, descendre d'une marche, enfoncer la troisième, et ainsi de suite jusqu'à ce que nous atteignions le bas. Les écailles de dragon doré sont certainement assez grandes pour que je puisse m'y tenir debout, bien que celles violettes et rouges ne le soient pas. Qu'en pensez-vous ?"

"D'accord", dit Growler, "ça vaut le coup d'essayer. Et si nous descendons le Chariot Rouge avec la corde, je peux m'asseoir à l'arrière et essayer de pousser certaines de ces écailles de dragon dans la glace pendant que je descends. Mes dents sont assez fortes, et si les écailles sont tranchantes comme des rasoirs, peut-être que je peux les enfoncer assez profondément de cette manière. Ensuite, tu peux descendre les escaliers avec Meowcher."

"D'accord, et je vais me percher sur vos épaules", gazouilla Meowcher.

"Ça semble être un plan. Faisons-le", dit Keely. "Nous devons tester une écaille dorée d'abord pour voir si cela fonctionnera, pour voir si l'écaille est assez solide. Je ne veux pas descendre à mi-chemin et rester bloquée. Je vais tendre la main par-dessus le bord et enfoncer la première écaille de dragon. Ensuite, je vais attacher la corde autour de moi, et vous et Meowcher pouvez tenir la corde, avec le Chariot Rouge, pour m'ancrer. Je marcherai sur l'écaille et sauterai dessus pour voir si elle tient. Si ce n'est pas le cas, la corde me retiendra, et vous pourrez me remonter. Je remettrai Growler dans son harnais, et Meowcher pourra ajouter son poids à l'arrière du Chariot Rouge ; espérons que cela suffira à l'équilibre. Je ne veux pas tomber et vous entraîner tous les deux dans le noir. Ce serait bien mieux si nous avions un arbre ou quelque chose pour enrouler la corde autour. Dommage que Will ne soit pas là. Il n'y a rien près du rebord que nous puissions utiliser pour ancrer la corde."

Keely commença à creuser le bout de sa bottine de cow-boy vert éraflée dans la boue dorée. Une fois de plus, le souffle de la brise lui chuchota : "Plante une fleur dans le sable, arrose-la, regarde-la pousser." Keely n'avait aucun doute et suivit les instructions à la lettre.

Elle annonça la nouvelle : "Hé, les gars. J'ai un indice. J'ai besoin d'une de ces fleurs que j'ai cueillies. Nous devons la planter." Meowcher attrapa la fleur dans sa bouche depuis le Chariot Rouge et la porta à Keely. Growler avait déjà commencé à creuser à quelques pieds du bord du ruban doré. Il ne lui fallut que quelques minutes pour faire un trou assez profond. Meowcher cracha la fleur, et tous ensemble, ils ramassèrent et poussèrent le sable par-dessus, l'enterrant. Keely piétina la terre légèrement, puis ramena le morceau restant du nuage argenté et l'essora doucement au-dessus de l'endroit fraîchement recouvert. Alors qu'ils regardaient, le nuage commença à pleuvoir, d'abord avec quelques gouttes, puis en un jet, trempant le sol autour de la fleur enterrée. L'eau coula en ruisseaux vers le ruban d'or. "Je pense que c'est assez d'eau. Voyons ce qui se passe. J'ai l'impression d'être Jack attendant qu'un haricot pousse," dit Keely en replaçant le morceau mouillé de nuage dans le Chariot Rouge.

Même en parlant, quelque chose commença à percer la boue ; c'était dur et blanc et avait des spirales parsemées d'or—oublié, mais connu. "Ahh", le groupe s'écria ensemble, reconnaissant que ce qui se dressait devant eux dans le sable, s'élevant, vrillant au-delà de la taille de Keely, était la corne d'une licorne, leur ancre.

Chapitre Dix-Sept

Bataille Sous L'arc-En-Ciel

Hâtivement, Keely attacha la corde autour des deux nœuds du bas, prenant un moment pour passer ses mains de haut en bas sur les crêtes jusqu'à la pointe, murmurant doucement sous sa respiration. « Guéris, Crea. Nous t'aimons. Nous arrivons «, dit-elle, ajoutant encore plus doucement, « Je peux le faire. Je sais que je le peux. Je peux le faire. Je le dois. »

Après avoir sécurisé la corde autour de la corne, elle en fit une boucle autour d'elle-même, tout comme le frère de Mlle Sponheimer leur avait montré en classe, avec le nœud de sauvetage spécial. C'était le même que son professeur disait que Keely ne maîtriserait jamais parce qu'il était trop compliqué, celui que Darrell Foster avait doublement noué en attachant son vélo au mât de drapeau de l'école avant de dégonfler les deux pneus. Il avait fallu à Keely trois jours pour défaire son vélo cette fois-là, et après son retour à la maison, les pneus étaient restés plats jusqu'à la récente visite de son oncle.

"Je suis prête, les gars", dit Keely. Enfilant les vieux gants en cuir de l'oncle Don, elle saisit le marteau d'une main et une grande écaille de dragon doré de l'autre. "C'est une bonne chose que j'aie jeté cette paire de gants. Ils me protégeront des écailles et de tout ce que je touche." Keely prit quelques respirations profondes et fit son tour d'esprit de dix secondes pour chasser ses peurs. "Je peux le faire", se murmura-t-elle, hors de portée de ses compagnons.

D'abord, elle se coucha à plat ventre, laissant sa tête et ses bras pendre au-dessus du bord du précipice. Ensuite, Keely descendit aussi bas que possible ; elle tint soigneusement l'écaille de dragon doré contre la fine croûte gelée et la martela d'une main avec toute sa force. L'écaille de dragon semblait savoir quoi faire. Elle pénétra facilement la croûte glacée et y resta, ressemblant à une marche appropriée. Keely essaya de la déplacer de gauche à droite pour voir si elle pouvait la faire sauter, mais l'écaille resta en place comme si elle était un relief éternel sur une montagne.

"D'accord. Maintenant, il est temps de la tester contre mon poids. Si elle se casse, notre nouvel ancrage retiendra la corde, et Meowcher et Growler ne courront aucun danger. Je peux simplement me tirer en arrière par-dessus le rebord." Keely sourit faiblement en se laissant lentement descendre sur la marche. "D'accord, jusqu'ici tout va bien. Maintenant, un peu d'entraînement au saut." Elle sauta une fois, deux fois, et puis avec toute sa force la troisième fois, et la marche d'écaille de dragon tint. Elle ne bougea même pas sous le stress. Keely commença à sautiller dessus d'un pied puis de l'autre. "Youpi ! Ça marche", rapporta-t-elle.

"Ça va être génial. Faisons-le.

"Growler", dit-elle, "s'il te plaît, saute dans le Chariot Rouge, et je commencerai à te descendre. Ne te fais pas mal à la bouche en essayant de marteler les écailles. Si tu les mets juste en marche, je peux les tapoter avec le marteau avant de marcher dessus. Ça prendra peut-être un peu plus de temps, mais c'est la meilleure façon pour tout le monde. Si les marches finissent par être assez larges pour que je puisse m'agenouiller dessus, je peux m'agenouiller, me pencher et les taper."

Keely fixa une extrémité de la corde autour du Chariot Rouge et enroula l'autre extrémité fermement autour de la corne. "Essaie de mettre une marche tous les pieds environ ; nous avons beaucoup d'écailles de dragon à utiliser, et alors je n'aurai pas à me pencher très loin pour les taper dans la croûte." Cela dit, elle commença à descendre Growler et le Chariot Rouge au-dessus de la falaise, s'arrêtant à environ un pied en dessous de la première marche. "À toi, Growler. Vas-y."

Saisissant délicatement une écaille de dragon dans sa bouche, Growler se leva et pencha la tête sur le côté, pointant sa mâchoire vers la cible.

Boum!

Oups, glissa une pensée de Growler, *j'ai oublié de lâcher* prise. Mâchant toujours furieusement l'écaille de dragon, les lèvres retroussées en une moue, Growler se retrouva suspendu à la nouvelle marche. Finalement, il détacha ses dents, relâcha ses mâchoires et tomba avec un bruit sourd dans le Chariot Rouge. "Pas mal, si je puis me permettre," dit-il. "Ça a l'air plutôt bien, Keely. Cette écaille s'est enfoncée dans la glace comme dans du beurre et semble être solidement attachée. Tu n'auras peut-être même pas besoin de les marteler très fort. Descends-moi. Je suis prêt pour la prochaine marche."

Keely et Meowcher, perchées en marge, continuaient à baisser le Rouge Chariot et Growler d'un pied à l'autre. À chaque descente, elles attendaient le son sec avant de libérer la corde. Après seulement une demi-douzaine de marches, Keely et Meowcher ne pouvaient plus voir Growler ni le Rouge Chariot. Les deux s'étaient complètement fondus dans l'épais brouillard gris foncé qui voilait le vide. Le brouillard avait surgi de nulle part et palpité d'une vie mystérieuse, gorgée d'un fluide noir et orange. Cependant, Keely et Meowcher échouèrent à identifier le danger.

Le claquement des écailles de dragon pénétrant la croûte gelée était leur seul indice que Growler continuait de progresser. De temps en temps, Keely vérifiait que la corne de licorne était solidement ancrée dans le sable—et c'était le cas. La corne avait commencé à luire presque dès que la corde avait été enroulée autour d'elle et continuait de briller régulièrement au fur et à mesure que le travail avançait. On aurait dit qu'une bougie palpitait à l'intérieur de son noyau, avec une flamme qui ne vacillait jamais. À la vingt-neuvième marche, la ligne de corde s'est brusquement secouée. Growler envoya une rafale de pensées, une sur l'autre.

Hé, Keely et Meowcher, il y a une grande corniche ici. Je n'ai même pas besoin de faire plus de marches. Elle doit faire au moins trois pieds de large, et—hmm, quelque chose est caché derrière la corniche. Si je pousse un peu de cette matière mauve moussue qui sent le poisson mort et le chou pourri—Beurk. Je déteste cette puanteur. *Mon nez est probablement fichu pour la journée. Oh, grr—oups. J'ai glissé dans une sorte de bave visqueuse et je glisse vers—on dirait l'entrée d'une énorme caverne avec un sentier menant derrière la cascade de rubans dorés et sous la Rivière Arc-en-ciel. Peut-être que c'est le chemin pour aller sous l'arc-en-ciel. Devrais-je—?* La question resta en suspens.

Il n'eut même pas le temps de finir cette pensée que Keely et Meowcher lui envoyèrent toutes deux leurs pensées ensemble : *Ne bouge pas sans nous. Nous descendons tout de suite. Attends-nous.*

"Allez, Meowcher," dit Keely. "Nous ferions bien de nous dépêcher ; je ne veux certainement pas que Growler se balade tout seul et se perde. Monte sur mon épaule, s'il te plaît. Je vais prendre le marteau." Aucune d'elles ne remarqua que la brume chargée de vapeur était en train de se déplacer sur chaque marche, absorbée, vidée et dégorgée de sa cargaison maléfique par l'échelle d'écailles. Meowcher et Keely commencèrent à descendre ce qui ressemblait maintenant beaucoup au dos d'un vrai dragon vivant. Ne prenant aucun risque, Keely s'arrêtait sur chaque échelle, se penchait et martelait fermement la suivante avant d'avancer. Meowcher se percha sur l'épaule de Keely mais se déplaça sur le dos de Keely lorsqu'elle commença à marteler, puis elle retourna sur l'épaule lorsqu'elles étaient prêtes à essayer la prochaine marche. C'est pendant l'un de ces moments où elle était assise sur le dos de Keely que Meowcher regarda derrière elles, en haut des marches qu'elles venaient de parcourir. Même si la brume avait diminué, elle était toujours épaisse et rendait impossible de voir au-delà de cinq marches vers le haut. Meowcher le sentit d'abord ; ses poils se hérissèrent à l'arrière de son cou, et un sifflement de peur glissa entre ses moustaches. Une ondulation de lumière brillante, partant de quelque part près du bord supérieur, traversa la brume lentement et sensuellement vers elles, comme un serpent cherchant une proie.

"Euh, hein, Keely, il vaut mieux se dépêcher. Quelque chose d'incroyablement mauvais vient vers nous. Et ça ne semble pas bon. Prends un moment—ça va devenir effrayant."

"Yikes," dit Keely, fixant intensément l'escalier effrayant, ses yeux remplis de terreur alors qu'elle voyait la brume nourrir chaque marche, comme une tigresse nourrissant ses petits, et regardait la transformation des écailles en quelque chose de vivant. "Tu as raison. Je n'arrive pas à le croire, mais on dirait qu'on est en train de créer le plus grand Dragon de Feu Doré jamais vu, et il grandit avec chaque échelle que nous plantons. La brume nourrit les écailles. Elle soutient la créature, la ramenant à la vie. Quoi que ce soit, il nous atteindra bientôt. Je ne sais pas où est la tête, et je ne veux pas le savoir. On va juste sauter d'une échelle à l'autre, plus de martelage. Espérons qu'elles nous tiendront." Avec cette dernière pensée, Keely attrapa Meowcher dans ses bras et sauta habilement sur les échelles restantes, atterrissant avec un bruit sourd sur l'étagère que Growler avait découverte. Le Chariot Rouge y était toujours, mais Growler était introuvable. Cependant, près du bord, ils trouvèrent ses empreintes de pattes menant à travers le rideau de mousse malodorante et visqueuse, s'étendant derrière la cascade de rubans dorés, vers l'entrée cachée de la chambre des grottes, et continuant sur un sentier. "On lui a dit de rester ici et d'attendre, ce fripon", dit Keely.

"Saute dans le Chariot Rouge, Meowcher, et je vais le tirer pendant que nous cherchons Growler." Keely retira les gants surdimensionnés et les jeta à l'arrière de la charrette pour mieux saisir la poignée.

"Et ce dragon qui s'approche de nous, qu'en est-il ?" miaula Meowcher. "N'allons-nous pas être attaqués dès son arrivée, à moins que nous ne fassions quelque chose ? Je parie qu'il sera ici d'une minute à l'autre."

"Tu as raison," dit Keely. "Que pouvons-nous faire pour échapper à ce dragon ? S'il s'agit vraiment d'un Dragon de Feu Doré, nous avons beaucoup à craindre. Et les Wishkers ? Où sont-ils ? Ce sont les gardiens des Dragons de Feu Doré et ne sont probablement pas loin. S'ils nous attrapent, le Dragon de Feu Doré sera le moindre de nos soucis, et nous pourrions finir enfermés dans quelque fosse."

D'abord, le plan s'insinua en elle par le biais de son sens du galon, glissant dans l'esprit de Keely, mijotant et prenant forme, avant d'être exprimé dans une ruée de directives rapides. "Je sais quoi faire," commença-t-elle. "Et si nous suspendons notre tapis attrape-dragon devant l'entrée de cet endroit ? Je pense qu'il est assez grand pour recouvrir toute l'ouverture, et peut-être que cela les empêchera de nous trouver, ou du moins retardera la bataille." Elle continua, "Meowcher, cherche des déchirures dans les coins du tapis. Nous pouvons accrocher les trous sur des rochers pointus comme des clous !" Il lui fallut quelques minutes pour exécuter les ordres qui s'agitaient dans sa tête. Meowcher trouva des déchirures dans les quatre coins, puis localisa des rochers pointus et minces sur lesquels les accrocher. Keely frappa son poing sur le tapis de toutes ses forces ; il était

Le dragon de feu doré redressa la
tête et s'apprêta à attaquer.

solidement attaché. À peine avaient-elles terminé que le feu ondulant rebondit contre le tapis avec une telle férocité que Keely et Meowcher pensèrent que tout était en train d'être déchiré en lambeaux.

"Ça marche! Ça retient le dragon de feu !" crièrent Keely et Meowcher ensemble. Mais elles parlaient trop vite. Le Dragon de Feu Doré se retira pour rassembler sa force. Les Wishkers, cachés jusqu'à présent, pressaient leurs formes répulsives contre les courbes du dragon, s'armant pour la bataille finale. Ils inhalèrent profondément et rugirent des souffles sur les écailles, travaillant le feu avec leurs bras multiples, crochets et corps difformes sur le glissement fondu, scellant ainsi leur destin avec celui qu'ils avaient l'habitude de protéger. Quelques instants plus tard, le Dragon de Feu Doré approchant se prépara à achever l'assaut qu'il avait commencé. Toutefois, il enroula d'abord toutes ses spirales étroitement ensemble et plongea une extrémité de sa queue dans le ruban doré, absorbant l'énergie de mille étoiles, drainant l'éclat de celles qui étaient tombées et avaient été capturées et stockées dans la Rivière Arc-en-ciel. Alors que la queue émergeait furtivement du liquide du ruban, la brillance et l'intensité de la boule de feu de l'autre côté de ce morceau de tapis déchiré rugissaient de fureur. C'était la tête du Dragon de Feu Doré ; des tentacules d'un brasier bouillonnant sortaient de sa bouche, de ses yeux et de ses écailles, calcinant le tapis à distance. Des gouttes de slime suintaient de ses écailles à chaque respiration. Un grondement débuta, d'abord au loin, comme le son d'un tremblement de terre sur une planète lointaine, se rapprochant de plus en plus. Les énormes bruits stridents enflèrent à mesure que la tête de feu pulsait, doublant puis triplant de taille en absorbant les étoiles du ruban. Les spirales du dragon étincelaient et tous ses muscles se tendirent alors qu'il redressait la tête loin de l'entrée, se préparant à attaquer.

Keely sentit les pensées du monstre s'approchant et trembla de peur, préservant ces pensées en elle pour protéger sa compagne : "Nous venons pour toi, Keely Tucker. Nous connaissons ton être et allons anéantir tes rêves."

Sans délai, Meowcher et Keely se hâtèrent vers l'intérieur de leur cachette, traînant Red Chariot avec elles. La peur et le danger alimentaient pattes et pieds, l'apocalypse imminente picotait la nuque, et un étrange silence planait devant elles. Deux esprits se concentraient uniquement sur ce qui se tenait devant, nullement sur l'arrière. Si elles avaient daigné jeter un regard en arrière vers le lieu où avait débuté leur fuite, elles auraient été prises au piège, figées par la terreur, telle celle qui provoque une sueur dans une tempête de neige éclair ou éveille en sursaut au cœur d'un cauchemar nocturne. Le tapis attrape-dragon se métamorphosait, émanant de puissance et irradiant de danger. D'un claquement de doigts, il se tissait à nouveau, ne laissant aucun espace dans la toile, toute douceur avait disparu. Les nouveaux fils étaient d'un métal étranger, une sorte d'armure. Ce n'était plus uniquement un bouclier, un protecteur ; c'était le chasseur attendant sa proie. C'était un piège. Et le piège était tendu.

Boum! Boum! Boum! La force de l'impact envoya des ondes de choc résonner profondément dans la caverne, faisant écho à la destruction, suivie de sons de vents soupirants suspendus sur un murmure. Dans ce murmure, les cieux se déplacèrent légèrement ; le doigt céleste descendit et, au premier contact, fit rougir le ciel des arcs-en-ciel. Le tapis attrape-dragon empêcha non seulement le Dragon de Feu Doré d'entrer ; la puissance était si explosive qu'elle avait pulvérisé la tête et le corps enroulé du dragon, renvoyant les morceaux dans le ciel obscurci et créant des milliers de nouvelles étoiles pour orner l'univers.

Si l'on regardait de près, on pouvait discerner la forme du dos du dragon bourgeonnant de bras Wishker mutilés, désormais allongés à côté de la ceinture d'Orion. Le reste des nouvelles étoiles se rassembla sur des queues de comètes en amas triangulaires et éclaira le côté lointain de la lune.

Chapitre Dix-Huit

❦

Pris Au Piège

Dans les recoins tamisés de la grotte, Meowcher et Keely perçurent l'explosion sismique, bien que les échos fussent quelque peu étouffés par l'étreinte de la caverne. Le tumulte persista, secouant les fondations des parois pendant de précieuses secondes, incitant Keely et Meowcher à jeter un regard momentané par-dessus leur épaule. "Ouf", soupira Meowcher. "Je ne sens plus le souffle du dragon sur ma nuque." Un soupir synchronisé de soulagement s'échappa de Keely. Pourtant, l'absence de Growler persistait, une inquiétude creusée sur le visage de Keely.

Ils avancèrent avec une prudence délibérée, leur rythme tempéré par plus que la simple appréhension des dragons cracheurs de feu, l'endroit où se trouvait Growler éclipsant toutes les autres préoccupations. Les parois de la grotte transitionnaient progressivement vers un vert vif, parsemées de taches jaunes-violacées. Keely tendit la main pour toucher l'une de ces taches, rencontrant une substance épaisse et collante suintant des entrailles de la grotte. Bien qu'elle ait rapidement retiré sa main, l'empreinte persistait, une marque gravée dans le mucus. Keely huma ses doigts avec précaution, le parfum mélangé rappelant celui des fleurs de champignons. "Meowcher, hume ça." Meowcher s'approcha, plongeant son nez dans la main de Keely. Une goutte de mucus orna son nez de taches violettes et jaunes, incitant

Meowcher à entreprendre immédiatement un nettoyage enthousiaste. "Waouh, sacré Molly ! Ça a le goût de quelque chose. Quoi, précisément, je ne m'en souviens pas bien, mais c'est délicieux, exquis. Qu'est-ce que c'est ? Où est-ce que mon odorat a déjà rencontré ça ?"

Keely goûta avec prudence quelques doigts, cherchant à discerner la saveur insaisissable à laquelle Meowcher faisait allusion. "Je sais ce que c'est !" s'exclama-t-elle. "C'est le miel de l'arc-en-ciel que Simon a récolté et donné à Crea depuis le biberon. Tu en as eu un avant-goût quand tu as léché la formule éclaboussée. Cela doit être la source. Tu te rappelles ? Il a mentionné l'avoir trouvé près du ventre d'un arc-en-ciel. Eh bien, nous sommes sous l'arc-en-ciel, donc cela doit être ce qu'il voulait dire, et ces taches regorgent de miel violet et jaune. Peut-être devrions-nous en récolter un peu. Je ne sais pas si cela peut aider Crea, mais puisque nous sommes ici, autant en obtenir une quantité. Nous pouvons le mettre dans notre seau." Elle plongea dans Red Chariot, saisit le seau et la pelle, et se dirigea vers les taches violettes et jaunes. Le seau dans une main, la pelle dans l'autre, elle plongea la pelle dans la substance gélatineuse, remplissant rapidement le seau. Lorsqu'il atteignit environ les trois quarts, elle s'arrêta et le plaça à côté du bocal Kool-Aid, qui contenait une poignée d'écailles de dragon persistantes.

À peine avait-elle accompli ce geste que Meowcher et Keely penchèrent simultanément la tête vers un hurlement étouffé. C'était guttural, lent, et bas, un gémissement doux comme si quelqu'un souffrait énormément. "Growler. C'est Growler !" sanglotèrent Meowcher et Keely ensemble. "Où es-tu ? Nous allons te trouver." Elles se précipitèrent toutes deux dans la direction des gémissements.

Tandis qu'elles dévalaient le sentier, une bourrasque froide frappa la joue de Keely, hérissant la nuque de frissons d'avertissement. "Ralentis, Meowcher," dit-elle. "Fais attention. Sois prudente." Keely s'arrêta brusquement, attrapant Meowcher par la fourrure à l'arrière de son cou juste à temps. Juste devant elles, au milieu du chemin, se trouvait un énorme trou ; les parois scintillaient avec une sorte de cristaux rocheux – violets, bleus, verts et roses, quelque chose de similaire aux œufs de pierre-tonnerre que Gramps avait dans sa collection de roches. Ils ressemblaient à des œufs de charbon en forme d'œuf pondus par un poulet dinosaure jusqu'à ce que vous les cassiez en deux et découvriez leur kaléidoscope de joyaux cachés. S'ils n'avaient pas arrêté juste à ce moment-là, tous deux auraient été engloutis par l'obscurité.

"Bon sang, c'était limite," soupira Keely. "Heureusement que nous nous sommes arrêtées à temps."

Toutes deux restèrent silencieuses pendant quelques instants, écoutant le bruit de leurs propres respirations haletantes, simplement heureuses de respirer. Elles remarquèrent dans cette seconde instantanée que le son des gémissements était plus fort, provenant du fond du cratère aux pierres-tonneres devant elles.

"Growler, c'est toi ? Nous sommes là. Tu nous entends ?"

La réponse était faible mais distincte. "Keely ? Meowcher ?" Growler haleta. "Je suis tombé dans cette crevasse et atterri sur une sorte de bosse plate qui ressort du mur. J'ai peur de bouger. Je pourrais tomber le reste du chemin. Je ne sais pas où ça va, ou même s'il y a un fond. Je ne veux pas le découvrir non plus. Je frissonne de mes pattes jusqu'au bout de ma queue et je n'arrive pas à contrôler les secousses. J'ai tellement peur. De plus, j'ai mal partout mais je ne sais pas si quelque chose est cassé. Je suis tellement content que vous soyez là. S'il vous plaît, aidez-moi. On dirait que je suis ici depuis une éternité."

Il continua, "Un moment, je marchais sur le sentier, et un grondement et un boom étouffé ont choqué mes oreilles et m'ont rendu étourdi, ainsi que sourd, jusqu'à ce que mes oreilles craquent. Le danger n'est pas venu à mon esprit alors que je titubais. Le sentier a attiré toute mon attention quand il a commencé à onduler de haut en bas et s'est effondré. J'ai été aspiré au milieu de la rupture ! Heureusement, il y avait quelque chose pour atterrir, mais je ne pense pas que ce soit très grand. En dessous de moi, j'ai vu des étoiles filantes filer dans tous les sens et beaucoup de lumières éblouissantes en or et blanc, comme si le monde recommençait du début. Je ne sais pas ce qui s'est passé, mais ça devait être quelque chose d'incroyable."

"Tu as raison," dit Keely, essayant de cacher ses pensées inquiètes à Growler. "C'était quelque chose d'incroyable. Nous expliquerons plus tard. Pour l'instant, nous devons trouver un moyen de te remonter sur le sentier. Je ne pense

Carte : Au-dessous et au-dessus de l'arc-en-ciel

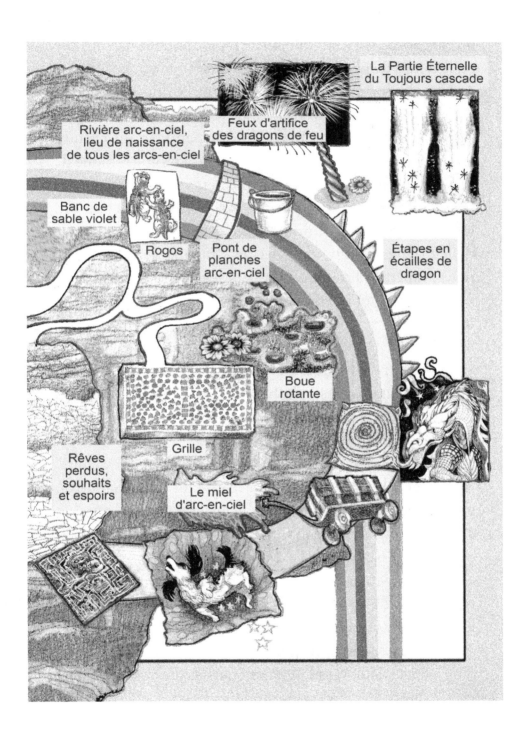

La Partie Éternelle du Toujours cascade

Feux d'artifice des dragons de feu

Rivière arc-en-ciel, lieu de naissance de tous les arcs-en-ciel

Banc de sable violet

Rogos

Pont de planches arc-en-ciel

Étapes en écailles de dragon

Boue rotante

Grille

Rêves perdus, souhaits et espoirs

Le miel d'arc-en-ciel

pas qu'il nous reste de corde. Elle pendait à l'entrée de la grotte. Nous avons fait une sortie rapide et nous n'avons pas eu le temps de penser à la récupérer. Nous avons encore des écailles de dragon, mais je ne pense pas vouloir risquer de libérer un autre dragon cracheur de feu, pas après le dernier."

Keely fouilla dans Red Chariot pendant un certain temps et trouva la taie d'oreiller, encore à moitié remplie de arcs-en-ciel enroulés. "Hmm, je me demande si ça marchera sous l'arc-en-ciel. On ne pouvait pas voler avec eux plus tôt, je ne suis pas sûre pourquoi. Peut-être était-ce une charge d'électricité statique de tous ces dragons de feu excités, mais j'espère vraiment qu'on peut les utiliser maintenant. Ce serait parfait si les arcs-en-ciel étaient assez forts pour faire remonter Growler jusqu'à nous. Qu'en penses-tu, Meowcher ?"

"C'est une idée fort pertinente, Keely. Cela pourrait même être amélioré si, par hasard, Growler insère un brin d'arc-en-ciel à travers sa broche à écharpe, juste pour s'assurer qu'il ne se défait point."

"Parfait. Growler, as-tu saisi les paroles de Meowcher?" interrogea Keely. "Quand l'arc-en-ciel te parviendra, enveloppe-toi avec délicatesse et insères-en une portion à travers ta broche à écharpe. Crois-tu pouvoir accomplir cette tâche en solitaire ?"

"Yep, je peux le faire," aboya Growler. Sa voix résonnait plus profonde et sonore, retrouvant sa normalit-é depuis l'audition des sanglots doux.

Keely et Meowcher extirpèrent l'arc-en-ciel de la taie d'oreiller, le déployant lentement dans la crevasse, veillant à ne pas l'accrocher aux cristaux scintillants bordant l'obscurité.

Il atteignit enfin Growler, qui en agrippa l'extrémité, le filant autour de son corps avec fermeté, insérant un morceau conséquent à travers sa broche à écharpe. "Bien, les amis, je suis prêt à m'élever," aboya-t-il, propulsant vers le haut et loin de sa bosse murale.

Pendant un instant, rien ne se produisit. Growler demeura suspendu dans le vide, sans s'élever ni s'abaisser. Puis, un souffle léger chuchota à l'oreille de Keely, se glissa dans l'obscurité et effleura doucement le Growler enveloppé d'arc-en-ciel. Il commença à s'élever lentement, un arc-en-ciel momifié ; le vent jouait une mélodie obsédante, presque familière, tandis que le paquet emmailloté frottait contre les parois croutées de cristaux jusqu'à atteindre le sommet. L'arc-en-ciel ne fonctionnait toujours pas parfaitement, et Keely et Meowcher tirèrent doucement sur le reste pour le faire sortir.

Elles tendirent toutes deux leurs mains et pattes pour attraper l'arc-en-ciel et le tirer en sécurité dans leurs bras. Étreignant Growler délicatement, afin de ne pas aggraver ses blessures, elles le déroulèrent, le posant tendrement sur le sol. Keely roula rapidement l'arc-en-ciel, le fourra dans la taie d'oreiller en prévision, et s'agenouilla pour examiner les blessures de Growler.

Keely fut stupéfaite par ce qu'elle découvrit. La fourrure de Growler était imprégnée de sang à plusieurs endroits, et il semblait extrêmement affaibli, à peine capable de relever la tête. Il avait utilisé ses dernières réserves d'énergie pour s'envelopper dans l'arc-en-ciel et gisait désormais tranquillement, haletant de manière irrégulière, gémissant doucement. Keely tâta ses jambes et, comme il pouvait les bouger toutes les quatre, conclut qu'il n'avait pas de fractures. Cependant, il avait perdu beaucoup de sang, et celui-ci continuait de suinter de ses blessures, drainant sa vie. Keely était tellement bouleversée à l'idée de le perdre qu'elle ne pouvait pas penser clairement et n'avait aucune idée de ce qu'il fallait faire. Les larmes coulaient librement sur ses joues, et son cœur était empli de tristesse. Elle se sentait dévastée.

Ce fut Meowcher qui reprit ses esprits en première et formula une solution. "Keely, ne songe point à nous délaisser. Et si nous appliquions le miel de l'arc-en-ciel sur les plaies ? Il est certainement suffisamment collant pour stopper l'écoulement du sang, et peut-être contribuera-t-il à la guérison de Growler. Crea en raffolait, et cela ne peut certainement pas lui nuire. Je vais chercher le seau." Elle se dirigea rapidement vers le Red Chariot et le récupéra.

Keely apaisa ses craintes et les mit de côté ; sa détermination reprit le dessus. "Merci infiniment, Meowcher. J'avais besoin de ce rappel. Je ne vais pas abandonner ; il est temps de relever la tête, comme Gramms me le répétait quand j'étais découragée. Nous pouvons y arriver."

Keely et Meowcher appliquèrent toutes deux le miel, soulevant Growler avec précaution pour qu'elles puissent atteindre les lacérations. Meowcher lécha davantage de miel directement dans chaque entaille, et Keely plaça une poignée dans la bouche de Growler, lui enjoignant d'avaler chaque goutte.

Des amas de miel adhéraient aux vibrisses autour de la bouche de Growler, tout comme à celles de Meowcher. Les mains de Keely, toujours recouvertes de pourpre et d'or alors qu'elle les pressait contre son jean, imprimaient ses lignes de vie et de destin – les mêmes que la vieille gitane à la foire annuelle de l'école tentait toujours de lire, moyennant un dollar ou deux, prétendant prédire l'avenir à partir des zigzags sur votre main. Sa main gauche s'imprima sur la cuisse de son jean gauche, tandis que la droite s'accrochait presque à une poche arrière, et les lignes continuaient de briller dans le crépuscule de la caverne. L'air était si immobile que le battement de trois cœurs était audible, et Keely, avec les lèvres presque closes, commença à fredonner des berceuses apaisantes à Growler tandis que Meowcher continuait à lécher en rythme avec les tons. "Porte-toi bien, Growler. Sois bien. Sois bien." Et avec le creux doux des mots, il l'était. Lorsque Growler s'agita et se leva, un soupir pressa contre les parois et rebondit contre le plafond, se répandant à travers le sol brisé, se propageant vers la mer d'étoiles. Le silence, à l'exception des battements de cœur, emplit à nouveau l'espace.

"Wouaf wouaf wouaf," s'exclama Growler. "Je pense que c'était une sacrée expérience. Merci beaucoup, Keely et Meowcher. Vous m'avez sauvé la vie. Je ne sais pas comment vous remercier. C'est un miracle."

"Hé, ce n'était rien," ronronna Meowcher. "Je parie que vous auriez fait la même chose pour nous. Non, Keely ?"

"C'est sûr. Nous sommes tellement contents que tu ailles bien. Es-tu sûr de te sentir vraiment bien ?" demanda Keely.

"Je me sens g-r-e-a-t. En fait," dit Growler, "j'ai moins de douleurs qu'avant de tomber à travers cette fissure dans la terre. Quelque chose d'extraordinaire se trouve dans ce miel d'arc-en-ciel. On ferait bien de collecter plus au cas où on aurait besoin de l'utiliser à l'avenir. Hé, pensez-vous que c'est le truc dont parlait votre indice - l'or de l'arc-en-ciel, ou l'arc-en-ciel d'or ? Cela pourrait être, vous savez. Peut-être que c'est le remède pour Crea ? Qu'en penses-tu, Keely ?"

"Cela pourrait être, Growler. Je ne suis pas sûre que ce soit tout ce dont nous avons besoin. Recueillons-en un seau et continuons. J'ai hâte de découvrir ce dont parlait la licorne violette et de voir comment aider à libérer tous ceux qui sont piégés avant de rentrer chez nous. Je suis assez sûre qu'il y a plus à guérir Crea qu'un simple arc-en-ciel doré", commenta Keely. Et elle avait raison.

L'équipage remonta le sentier. Keely tira Red Chariot ; Growler marcha du côté gauche, et Meowcher se balança du côté droit, leurs queues et leurs oreilles dressées une fois de plus - droites, déterminées à faire face à ce qui les attendait.

Chapitre Dix-Neuf

Sauvetage De Licornes

Alors qu'ils s'enfonçaient dans l'obscurité, les échos de leurs pas résonnaient dans les parois de la grotte. Keely, Meowcher et Growler, un trio hétéroclite, fredonnaient d'anciennes mélodies que Keely avait apprises il y a bien des années. Keely initia la mélodie, suivie par les paroles chantées en chœur par Meowcher et Growler lors du deuxième ou troisième tour.

"*Ce vieux monsieur, il en joua une. Il tapota sur mon pouce,*" chantèrent-ils tout en brandissant leur pouce, ou l'équivalent sur une patte, en direction de l'invisible spectateur.

Le refrain résonna dans la caverne:

Avec un tapota-tapota,
donnez un os au chien.
Ce vieux monsieur rentra chez lui en roulant.

Le sentier s'animait avec leurs voix et les notes légères

de leurs pas. Le deuxième couplet les conduisit à marquer le rythme en tapant du pied, synchronisés dans leur danse impromptue.

Ce vieux monsieur, il en joua deux. Il tapota sur ma chaussure, scandèrent-ils, faisant une pause pour battre du pied au sol à l'unisson.

Et le refrain enchanta à nouveau les ténèbres de la grotte :

> *Avec un tapota-tapota,*
> *donnez un os au chien.*
> *Ce vieux monsieur rentra chez lui en roulant.*

Leur joyeuse procession fut interrompue alors que le sentier prenait un virage abrupt à gauche. Un troisième couplet débuta, accompagné du tintement des genoux ou de ce qui aurait pu être des genoux.

Ce vieux monsieur, il en joua trois. Il tapota sur mon genou, chantèrent-ils tout en se penchant et en tapotant leurs genoux, ou l'endroit où leurs genoux devraient être, suivant le chemin qui tournait.

> *Avec un tapota-tapota,*
> *donnez—*

Les mots restèrent suspendus dans l'air alors qu'ils levaient les yeux et découvraient l'obstacle qui les attendait.

Juste devant eux, une porte massive barrait tout le sentier. Taillée dans la pierre, elle était ornée de sculptures anciennes, chaque centimètre recouvert de dessins éraflés. Le groupe examina attentivement ces indices gravés, cherchant la clé pour la déverrouiller. Pas de poignée ni de loquet visible. La surface était lisse, à l'exception des lignes complexes sculptées dans la roche.

Venant de derrière, une voix forte éclata : "Alors, vous voilà enfin. Je commençais à craindre que les Dragons d'Or ne vous aient attrapés. Nous devons nous mettre au travail tout de suite, pour — comment dit-on déjà ?" La voix fit une pause un moment pour retrouver le mot nécessaire. "Ah oui, le mot, je crois, est secourir — *secourir* tous ces êtres encore piégés."

C'était un Reve Wisher fier et fort, se tenant avec impatience et secouant lentement la tête de gauche à droite. Son manteau violet vif scintillait comme un feu intérieur créant une lueur qui éclairait faiblement le passage sombre. Touchant sa corne contre la pierre, toute la surface s'illumina et s'anima. Les gravures respiraient, changeant de formes en se déplaçant ; des cercles se connectaient à des arches et des lignes se pliaient les unes dans les autres, créant des triangles et des labyrinthes complexes. Ils ressemblaient à des versions compliquées et multicouches des labyrinthes que Keely ne parvenait jamais à résoudre en cours de mathématiques, où l'on commençait d'un côté et traçait une ligne à travers les différents chemins, évitant les passages sans issue, jusqu'à la sortie. Mariah avait travaillé avec Keely sur ces labyrinthes pendant des semaines, démêlant avec succès les lignes et inversant l'ordre des mots inversés jusqu'à ce que ses pensées soient claires. Ces marques serpentaient, pulsant avec un rythme inconnu, mettant le groupe au défi de résoudre l'énigme de la porte.

"Hé, Reve Wisher," dit Keely. "Regarde bien. Je pense

savoir comment trouver le chemin à travers le labyrinthe. Peut-être qu'à la fin du puzzle, nous trouverons une poignée de porte invisible ?" Aux autres, elle dit, "Commencez tous à chercher un point de départ. Ça ne peut pas être une arête vive. Il doit y avoir un point d'entrée." Chacun commença à examiner la surface ; Reve Wisher avait la bordure supérieure, Growler la bordure inférieure, Keely le côté gauche, et Meowcher le côté droit. Ils décidèrent que le labyrinthe commençait probablement d'un côté, pas au milieu, ils scrutèrent donc d'abord les bords. Les quatre se pressèrent littéralement le nez contre la pierre et commencèrent à chercher des lignes simples menant aux cercles et vers la solution. Il y eut plusieurs faux départs ; des pistes furent découvertes qui aboutirent à une impasse après quelques pieds. Des amas de lignes s'emmêlèrent et se chevauchèrent, fusionnant dans la roche, refusant de révéler leurs secrets.

Ne soyez pas frustrés. Il existe une solution, et nous la trouverons ensemble, encouragea Keely avec ses pensées. Ils travaillèrent en silence au début, se concentrant sur leur tâche. Puis, Keely commença à fredonner une étrange mélodie qui lui trotta dans la tête. Très vite, les quatre murmuraient la mélodie ensemble tout en cherchant la clé. Chacun prêtait une attention particulière à son propre chemin, ignorant les autres, si bien que lorsque leurs nez se touchèrent au centre, chacun ayant suivi une ligne depuis une bordure différente, des éclats de rire dominèrent un instant. Après une seconde, ils réalisèrent que leurs chemins avaient mené au même point, en plein milieu de la porte. En retirant leurs têtes, ils découvrirent un objet étrange dans la boîte centrale où les chemins se chevauchaient. C'était quelque chose de presque mémorisé, comme une ombre chatouillant votre visage, dont vous avez conscience mais que vous ne pouvez pas toucher.

C'est Meowcher qui réagit en premier, commentant avec son accent du Sud qui fait partie de son ADN : "Hé, les gars, regardez ce motif. Je sais ce que c'est. Jetez un coup d'œil à l'empreinte de la main de Keely sur ses fesses. Tournez-la sur le côté et vous avez le design."

Ils se tournèrent tous pour regarder l'empreinte de main, encore illuminée des restes du miel de l'arc-en-ciel, et penchèrent la tête sur le côté pour faire la comparaison.

"Je n'arrive pas à y croire, mais tu as raison. Cela ressemble effectivement à une correspondance", éclata Reve Wisher de sa voix formelle.

Et Growler, qui avait une meilleure vue sur l'empreinte que Keely, ajouta : "Essaie, Keely. Voir si ta main peut ouvrir la porte. On dirait qu'on a trouvé la poignée de porte invisible !"

"D'accord, c'est parti." Keely tourna prudemment sa main droite sur le côté, alignant les doigts avec le motif sur la roche, et appuya fermement sa main contre celle-ci. La pierre était froide, comme lorsqu'elle pressait sa joue contre une vitre de fenêtre givrée, et puis une sensation de picotement fit vibrer sa main, puis son bras, puis tout son corps. La porte s'ouvrait. "J'ai l'impression d'être Aladdin", souffla Keely alors que la porte s'ouvrait devant eux. "Sésame, ouvre-toi."

"Sésame, ouvre-toi", firent écho Growler, Meowcher et Reve Wisher.

C'était la caverne des rêves, où tous les souhaits, espoirs

et rêves volés par les Dragons d'Or étaient conservés. La caverne était pleine de souhaits qui tombaient avec les étoiles filantes, des souhaits d'enfants solitaires, d'adultes croyant encore à la magie, et de personnes du monde entier, souhaitant un endroit meilleur, la paix, la richesse, être en bonne santé, être heureux, être aimé. Il y avait un tas considérable de souhaits poussiéreux dans un coin, tous adressés au Père Noël. Ceux-ci venaient d'enfants pauvres, ceux sans timbres, qui essayaient d'envoyer leurs demandes via une étoile filante au pôle Nord au lieu du bureau de poste. Les rêves et espoirs brisés se regroupaient dans une autre niche, presque perdus, enfouis parmi les décombres. Un rêve était d'ouvrir une ferme équestre, un autre de faire le tour du monde, et un autre encore de créer un vélo qui parlait à son cycliste. La pile d'espoirs perdus était la plus triste de toutes, abritant ceux qui avaient des croyances écrasées, espérant toujours trouver un chemin pour croire, pour faire confiance à nouveau.

Reposant sur le dessus de la pile de rêves brisés se trouvait un cylindre doré élancé, très poussiéreux, gravé de symboles mystérieux et bourré d'une boucle de parchemin rouge. Juste un bout de rouge pointait. Keely fut attirée par un bruit subtil de froissement ; en s'approchant, le froissement se propagea à travers la caverne.

"Drrrach, drrach, buduter sirka. Sonaring dule !" *Soulève-moi. Soulève-moi. Retire la poussière. Entends mes paroles.* Keely s'arrêta net et réalisa qu'elle était la seule à entendre et à comprendre le cylindre.

"Attendez une minute, les gars", dit-elle. "Quelque chose d'étrange se passe, et je dois vérifier cela avant d'explorer le reste de la caverne."

Keely se dirigea vers le tas de rêves brisés, ramassa avec précaution le tube ouvert, souffla doucement et retira plusieurs couches de poussière étrange. Le morceau de parchemin rouge tomba et s'ouvrit à ses pieds. "Sonaring dule ! Sonaring dule !"

"Hmm, c'est bizarre. On dirait que cela doit être pour moi." Une Keely perplexe se pencha et lut le message à elle-même. Cela n'avait pas de sens, alors elle le lut à voix haute pour tous, espérant que quelqu'un aurait une idée sur la signification de l'énigme.

Utilisez votre esprit
Pour trouver
La Partie Éternelle du Toujours —
La vallée
Vous attend —
La Piscine Bleue
Contient le (mot flou)
Les larmes font fondre la pierre (mots flous)
Vous saurez quoi
Que vous fassiez
Où que vous alliez
La réponse est (mot flou)

La dernière ligne était également floue, impossible à déchiffrer.

"D'accord, c'est définitivement un indice, un peu comme une énigme. Je ne suis pas sûre de ce que cela signifie pour le moment, surtout que la dernière ligne a disparu. Réfléchissez tous à cela pendant que nous continuons", suggéra Keely. Elle glissa la note dans la charrette pour la vérifier plus tard et commença à s'éloigner de la pile de rêves.

Au-delà de la salle immense, quatre tunnels séparés s'enfonçaient plus profondément dans la caverne. Se penchant dans le premier, Keely rassembla ses mains et cria aussi fort qu'elle le put : "Salut ! Y a-t-il quelqu'un ?" La seule réponse fut le renvoi de ses mots, "Ello ! Nyone ere ?" Elle répéta la même procédure aux deux tunnels suivants avec la même réponse. Au début du quatrième tunnel, elle rassembla à nouveau ses mains et cria de toutes ses forces : "Eh bien, si quelqu'un est là, s'il vous plaît appelez-moi, Keely !"

"Keely ! Keely ! Keely, aidez-nous." Les murs de la chambre vibrèrent des cris qui jaillissaient. "Keely ! Eely ! aidez-nous."

"D'accord, bande ! C'est ici. Allons-y !" cria Keely.

Reve Wisher se précipita devant et ouvrit la voie, avec Keely, Growler et Meowcher en queue. À environ cinquante pieds dans le tunnel, le chemin se scinda en deux fourches, et les quatre s'arrêtèrent brusquement pour écouter les voix afin de déterminer laquelle prendre. La chose surprenante était que des bruits étouffés semblaient venir des deux directions. Reve Wisher prit la fourche de gauche, et les autres prirent celle de droite. "Mettons-nous d'accord sur cet endroit pour nous retrouver après avoir découvert combien sont piégés à l'intérieur", suggéra Reve Wisher dans son style empesé alors qu'il trotinait sur la piste de gauche.

"D'accord !" cria Keely.

Lorsqu'ils atteignirent la fin du tunnel, ils découvrirent une grille métallique corrodée recouvrant un puits au milieu du sentier pavé. "Aidez-nous. S'il vous plaît, aidez-nous", résonna une symphonie de voix sous l'ouverture barreaudée. Leurs sons fusionnaient harmonieusement - un mélange de trilles d'oiseaux, de murmures de ruisseaux, de résonance de cordes, d'instruments à vent, de cors français et de trompettes emplissait les oreilles des sauveteurs de supplications désespérées.

La couverture ressemblait à ces grilles de regard que Keely avait observées dans certaines rues de sa ville natale, mais elle était assez grande pour permettre au géant de "Jack et le haricot magique" de s'y glisser. Des trous d'air de formes diverses - carrés, cercles, triangles, octogones, trapèzes - chacun de la taille de son poing, ornaient le dessus. Sur le rebord, prenant une teinte verdâtre parsemée de rouille brunâtre, pendait une serrure de puzzle élaborée d'une sorte intrigante, familière mais juste au-delà de la reconnaissance.

Le groupe s'agenouilla ou se pencha sur le couvercle énigmatique, scrutant les profondeurs pour discerner qui demandait de l'aide. Cependant, le puits était si sombre et si profond qu'ils ne distinguèrent rien. C'est alors que Growler se rappela la lampe de poche imposante rangée dans le Chariot Rouge et l'extirpa rapidement. Malheureusement, elle glissa de sa prise en raison d'un décrochage intempestif de ses dents et heurta le métal, s'allumant involontairement en glissant à travers un trapèze de la taille d'un poing, heurtant bruyamment quelque chose ou quelqu'un à l'intérieur. "Ouchum. Ça fait mal ! Cela a heurté ma tête", s'écria une voix. Alors que la lampe de poche s'agitait, des éclats de lumière perçaient les ténèbres.

Keely ombragea ses yeux pour offrir une meilleure vue,

et une scène saisissante s'offrit à son regard. Partout où elle regardait, des fragments de licornes scintillaient dans les crevasses - un postérieur ici, une patte là, une tête en périphérie, un éclair de crinière, une torsion de corne. Le puits était plein de licornes de toutes les couleurs, tailles et époques, chacune arborant une variété de cornes. Certaines étaient en spirale, certaines droites, certaines petites, certaines longues, certaines creusées, certaines lisses. Comme un manteau de toutes les couleurs, l'amalgame déroutait leurs yeux - lavande, violet, jaune, rose vif, chartreuse. Une licorne arborait toutes les nuances de bleu, tourbillonnant en cercles de la tête aux pieds, même sur sa queue et sa crinière.

"Oh, vous êtes tous si éblouissants", s'exclama Keely. "Je n'arrive pas à croire ce que je vois. Regardez-les ! Nous devons les sortir de là immédiatement."

"Que vous est-il arrivé ?", demanda Growler aux licornes. "Comment avez-vous été piégés ?"

"C'était la machination de ces terribles Dragons d'Or. Ils nous ont tendu une embuscade à chaque étoile filante. Ils ont capturé les étoiles dans leur chute - les souhaits, les espoirs, les rêves, et nous aussi - dans ces filets colossaux ! Ils ont jeté tous les souhaits, vers une destination inconnue. Cependant, nous n'avons pas pu réaliser et distribuer aucun d'entre eux en premier. Ensuite, ils nous ont parqués dans cet endroit sombre et terrible. 'Ici' est 'le lieu' où nous vivons depuis le plus longtemps, empli d'espoirs et de souhaits de secours. Merci au ciel au-dessus du ciel, vous êtes là pour nous sauver."

Une autre licorne expliqua qu'à l'origine, ils avaient collaboré avec les Dragons d'Or et les Wishkers dans une ère révolue, une époque oubliée. Les dragons livraient tous les espoirs, rêves et souhaits capturés sur les étoiles filantes aux licornes pour qu'elles les accordent et les distribuent, tandis que les dragons propulsaient le feu des étoiles mourantes dans les rubans de la Rivière Arc-en-ciel. Personne ne se souvenait pourquoi la pratique avait changé ou exactement quand les Dragons d'Or et les Wishkers étaient devenus les ennemis des licornes.

"Nous ne savons pas ce qui est arrivé à Reve Wisher. Il a été le seul à s'échapper d'ici. Nous craignons pour lui, craignant qu'il soit mort. Il a appelé à l'aide et peu de temps après s'être libéré, un géant portant un immense turban violet et une cape multicolore est venu à la rescousse. Mais les Dragons d'Or l'ont aussi capturé, et nous ignorons son sort. Ces Dragons d'Or ne font preuve d'aucune clémence. Ils sont maléfiques et ne veulent que nous faire du mal, et nous ne comprenons pas la raison de cela."

"Qu'avez-vous dit ? Un géant en cape multicolore ? S'appelait-il Simon ?", questionnèrent Keely, Meowcher et Growler, presque simultanément.

"Je crois que Simon était son autodénomination. Mais nous n'avons pas eu une chance prolongée de délibérer sur notre dilemme", révéla la licorne aux spirales bleues. "Les Dragons d'Or l'ont pris dans un filet immense, et ils l'ont traîné loin de nous. Ils l'ont frappé violemment de leurs queues, directement sur son turban, et il n'a plus dit un mot par la suite. Il n'a même pas utilisé de mots silencieux pour nous parler. Il semblait trop étourdi pour riposter. Je suppose qu'ils l'ont laissé tomber dans un puits profond et sombre qui lui était propre, quelque part dans une autre partie de cette caverne. Mais comme nous n'avons ni entendu ni ressenti sa présence, que ce soit vivant ou non, nous l'ignorons."

"D'accord, cela l'explique", remarqua Keely à ses compagnons. "Je commençais à me demander pour Simon, étant donné que cela fait si longtemps que nous n'avons pas de ses nouvelles. Je pensais qu'il percevrait notre appréhension et reviendrait à la maison. Maintenant, au moins, je sais pourquoi il n'est pas venu. J'espère qu'il n'a rien. C'était peut-être sa voix faible que nous avons entendue venant de l'autre tunnel, celui que Reve Wisher explore. Oh oui, j'ai failli oublier de vous dire à tous", ajouta-t-elle en se tournant vers les licornes, "Reve Wisher va bien. Nous avons trouvé son reflet pris au piège dans le ruban arc-en-ciel violet et l'avons aidé à se libérer. C'est lui qui nous a informés que les Dragons d'Or ont emprisonné la plupart des attrapeurs d'espoir, de rêve et de souhaits, mais nous n'imaginions pas qu'il y en avait autant. Nous devrions avoir de ses nouvelles sous peu, après qu'il ait découvert ce qu'il y a au bout de l'autre tunnel. Pour l'instant, concentrons-nous sur votre libération à tous. Est-ce que l'un de vous sait comment déverrouiller cette grille couvrant votre puits ?", demanda Keely.

"Eh bien", dit la licorne au corne noueuse, celle qui ressemblait à un tronc d'arbre torsadé vieux de cinq cents ans, "Simon a réussi à nous dire qu'il avait vu une clé similaire à celle dont nous avons besoin pour ouvrir cette serrure. Mais c'était à peu près tout. Une clé nécessaire doit peut-être être suspendue là-haut sur le mur. Explorez tous les recoins ; peut-être aurez-vous la chance de défaire le verrou", suggéra la licorne aînée.

Le groupe inspecta immédiatement les murs et le sol de la caverne à la recherche de signes d'une clé, ainsi que de bâtons volumineux pour ouvrir la grille.

Chapitre Vingt

Sables Du Temps

P endant ce temps, dans les écuries, la mère de
Keely s'affairait sans relâche auprès de Crea. La
vieille bouillotte émettait une douce chaleur
tandis que la couverture en flanelle bleue restait
soigneusement disposée autour du cou de la jument. Chaque
jour, Maggie brossait la robe maladive de Crea, parsemée de
taches d'un bleu jaunâtre, tentant désespérément d'effacer
l'empreinte de la maladie d'un geste, en vain. Maggie ne
rentrait chez elle que pour se sustenter et dormir quelques
heures dans son lit avant de retourner auprès de Crea. Elle
ne s'en rendait pas compte, mais chaque moment passé avec
la jument apaisait son âme déchirée, dissolvant le chagrin
qui avait enchaîné son cœur, la rendant vulnérable — lui
redonnant la capacité de ressentir.

Lors d'une de ses brefs retours à la maison, Maggie
décida de consacrer quelques instants à ranger la maison
afin que tout soit impeccable à l'arrivée de Keely. Maggie
chantonnait doucement en travaillant, s'efforçant d'oublier

les ombres inquiétantes qui se glissaient de chaque coin, guettant pour l'accabler de craintes et de larmes. Elle ne pouvait concevoir l'idée de perdre Keely. Mais parmi ces pensées paniquées, certaines s'insinuaient entre les paroles de sa chanson. Des frissons parcoururent sa nuque, suivis d'une piqûre dans les yeux lorsque l'angoisse la submergea. S'asseyant brusquement sur l'une des chaises de cuisine rafistolées à maintes reprises, elle couvrit ses yeux tremblants de ses mains et se mit à sangloter. "Keely, Keely, reviens vers moi. S'il te plaît, s'il te plaît, je ne supporte pas l'idée de te perdre. S'il te plaît, s'il te plaît, rentre à la maison." Les larmes continuèrent de couler pendant plusieurs minutes avant qu'elle ne retrouve son calme, les attirant à l'intérieur d'elle-même. "Oh, Keely, écoute-moi. Je veux que tu saches. Je ne peux pas te demander pardon pour des choses que je ne peux pas oublier, mais je t'aime," et elle lui envoya un baiser silencieux porté par le vent. Maggie commençait à cicatriser ; les doigts sombres qui enserraient son esprit se desserraient, et les souvenirs du coffre en osier dans le grenier s'estompaient. Cependant, il lui restait encore un long chemin à parcourir.

Se relevant de sa chaise, Maggie se dirigea vers le salon tout en reprenant son chant silencieux, s'attelant au rangement et à la poussière. *"Je me demande pourquoi le sablier repose sur le côté dans le coin,"* pensa-t-elle. *"Je n'avais jamais remarqué cela auparavant. Je ferais bien de le remettre sur son étagère au-dessus de la télévision."* Et c'est ce qu'elle fit. Les grains rouges du sablier commençaient à s'écouler pour Crea et Keely, et elles n'en avaient même pas conscience.

Chapitre Vingt-Et-Un

Attrapes-Reves

A lors que Keely se penchait pour relever un tronc d'arbre maigre et dépourvu de branches enfoncé dans le sol, une écharde de vent siffla près de son oreille, et un frisson glacial descendit le long de son échine. Elle frémit, secouant vivement ses épaules pour se défaire de cette sensation. "Hmm, c'est sûrement ce frisson dont Papy parlait, celui que l'on ressent quand quelqu'un foule ta dernière demeure," marmonna Keely pour elle-même. "Je me demande bien ce qui a provoqué cela. Est-ce encore ce satané sens du inkle ?" Elle se tourna vers le bâton à ses pieds et tenta de l'arracher du sol, en vain.

"J'ai besoin de votre assistance !" s'écria Keely.

Meowcher et Growler accoururent à son secours, jetèrent les quelques lambeaux d'arc-en-ciel autour de leurs cous et se mirent à creuser frénétiquement autour de la base du tronc bloqué. Pendant ce temps, Keely continuait de tirer pendant qu'ils creusaient. Au bout de quelques instants seulement, leur labeur porta ses fruits, et Keely partit en arrière alors que la racine se détacha d'un coup.

"Aïe ! Ça fait mal," s'exclama Keely, se frottant les fesses d'une main et serrant l'élégant tronc déraciné de l'autre. "Pas de clés en vue, mais peut-être pouvons-nous soulever la grille avec ce tronc. Heureusement qu'il n'a pas de branches."

D'abord, Keely passa le poteau à travers un triangle de la taille d'un poing. Puis les trois sauveteurs - Keely à l'extrémité, Growler au milieu et Meowcher en équilibre devant - sautèrent sur le fin poteau, utilisant leur poids pour déloger la grille. Alors qu'ils s'attaquaient à cet exploit, un rayon de lumière de la lampe de poche captura l'épingle à foulard de Growler, projetant l'ombre de la forme sur les licornes en contrebas.

"Regardez ça ! Regardez ! C'est la *clavis aurea*!" s'écrièrent toutes les licornes à l'unisson. Dans leur excitation, elles étaient passées dans le langage archaïque habituellement réservé aux licornes plus âgées.

Keely, Meowcher et Growler lâchèrent le poteau et se regardèrent. "De quoi parlent-elles ? Qu'est-ce qu'une *clavis aurea?*"

"Clé dorée, clé d'or !" La réponse jaillit avant même que Keely ait eu la chance de déchiffrer le sens par elle-même.

"Où est-elle ?"

"La clé est au milieu de la poitrine de Growler, retenant son foulard," crièrent-elles. "Regardez ! Les doubles triangles sont là."

"Wow. Growler, enlève ta broche! Ils ont peut-être raison. Ça ressemble un peu à la serrure sur le dessus de la grille," dit Keely.

Travaillant aussi rapidement qu'il le pouvait, Growler dénoua sa broche de foulard et noua le reste de l'arc-en-ciel autour de son cou. Keely prit la broche et essaya lentement de l'insérer dans la serrure rouillée. Elle s'adapta. Elle tourna deux fois, glissant dans les rainures, et s'emboîta parfaitement en place. Croisant les doigts, elle prit une profonde inspiration et tourna lentement la clé.

Clic. Clac. Clac. La boucle verrouillant la grille grinça et se déverrouilla, libérant le cadenas.

"Maintenant, il ne nous reste plus qu'à enlever ce morceau de métal. Ce qui est plus facile à dire qu'à faire," commenta Keely. "Voyons si nous pouvons le faire levier avec le poteau."

Ils se remirent au travail, reprenant les mêmes positions qu'auparavant. Lentement, le couvercle s'éleva légèrement, et ils le poussèrent de toutes leurs forces, grognant bruyamment par à-coups, créant une ouverture en forme de croissant de lune. C'était ouvert, mais l'ouverture était bien trop petite pour permettre à l'une des licornes de passer.

"Besoin d'aide ?" cria une voix derrière eux.

Se retournant, ils virent Reve Wisher se tenant majestueusement dans le tunnel. Il n'y avait personne avec lui.

"As-tu trouvé Simon ?" demanda Keely.

"Oui, je l'ai trouvé. Mais j'aurai besoin de votre aide à tous pour le libérer. Cependant, les choses sérieuses d'abord. Libérons d'abord mes attrape-rêves. Comment puis-je vous être utile ?" demanda Reve Wisher dans sa langue légèrement compliquée et distinctive.

"Je ne suis pas sûre, mais nous devons déplacer cette grille loin du trou pour que les licornes puissent sortir. Comment pensez-vous que nous pouvons faire cela ?" interrogea Keely.

"Hmm. Sur ma corne, je pense que pour la soulever, je peux. Je suis sûr qu'elle passera à travers un cercle ou un triangle. S'il vous plaît, écartez-vous. Je ne veux pas faire tomber le couvercle sur les orteils de quiconque," continua Reve Wisher. Il utilisait un motif de mots curieux, mais tout le monde pouvait le comprendre. Parfois, les mots coulaient presque normalement, et d'autres fois, ils étaient inversés et hésitants, entrecoupés d'un mot archaïque inconnu ici et là. La même chose se produisait lorsque les autres licornes parlaient aussi, leurs compétences en langue anglaise étaient un peu rouillées, et parfois elles mélangeaient des mots archaïques avec leurs propres dialectes et accents.

Reve Wisher enfonça sa corne à travers un cercle, le choix parfaitement formé, écarta largement les jambes comme une girafe prête à boire, grogna deux fois et renifla. Les muscles ondulèrent sur son dos, se tendant pour soulever le lourd couvercle sur sa corne. La corne vira aux nuances brillantes du rouge-rougeoyant, comme il la fit glisser. Après quelques moments silencieux, l'ouverture en forme de croissant de lune s'élargit jusqu'à ce que la fosse soit totalement ouverte et que le couvercle gisait jeté de côté. Reve Wisher l'avait fait. Même après avoir retiré sa corne du cercle, la corne continuait à brûler, les braises luisantes et projetant des ombres des rêves presque trouvés dans la faible lumière de leur prison souterraine.

"D'accord, attrape-rêves, sortez du trou. Envolez-vous droit vers le haut !" tonna Reve Wisher.

Dans une fontaine d'ombres qui surpassaient l'arc-en-ciel le plus lumineux, une licorne suivait l'autre en secouant leur crinière, pointant leurs cornes et s'envolant droit sur commande de Reve Wisher. Ils firent cercle autour de Keely, Growler et Meowcher ; la joie des attrape-rêves de toucher à nouveau la liberté créa de l'électricité statique, et des étincelles de lumière fusèrent de leurs cornes, sabots et queues dans tous les coins de la caverne. "Wow ! Regardez ça," s'exclama Keely. "L'obscurité est vivante de lumière, comme des torches de feu." Elle ne se rendit pas compte que la charge électrique avait fait gonfler ses cheveux et les avait presque dressés sur sa tête jusqu'à ce qu'elle regarde Meowcher et Growler et voie la réaction de leur pelage. Keely toucha ses propres cheveux pour découvrir qu'ils étaient dans un état similaire. "On dirait du coton candy !" s'écria-t-elle.

"Reve Wisher," appela Keely, "allons sauver Simon."

"Suivez-moi. Attrape-rêves, tous, veuillez-vous aligner derrière notre équipe de sauveurs," commanda Reve Wisher. "Préparez-vous avec moi à faire la parade."

Le groupe s'apparia rapidement, leur chemin éclairé par les boules de lumières d'étincelles qui adhéraient aux parois de la grotte, et marcha à un rythme rapide derrière Keely, Meowcher, Growler et Reve Wisher. En quelques minutes, ils atteignirent le croisement du chemin, et tous descendirent le chemin de gauche, impatients d'atteindre leur ami Simon.

À mesure qu'ils approchaient de la fin du chemin, Keely remarqua d'étranges fleurs en forme de pétales qui pulsaient et scintillaient, prospérant dans des flaques violettes et vertes et poussant directement hors des niches dans les parois de la caverne. Personne ne les avait vues auparavant ; il faisait trop sombre pour les remarquer, mais les étincelles les rendaient impossibles à ignorer. *Hmm, pensa Keely, je n'ai pas le temps d'explorer ces fleurs maintenant, mais je prends note de les examiner plus tard quand j'aurai le temps.*

À ce moment-là, ils tournèrent le dernier virage du chemin et découvrirent une autre vue particulière. Au milieu du sentier se dressait un œuf de pierre gigantesque, partiellement recouvert d'une membrane épaisse et fibreuse comme le blanc, pas le jaune, d'un œuf cru. La pierre n'était pas encore totalement fermée ; un petit espace demeurait, permettant de voir à l'intérieur de la coquille. Et c'était là que Simon était retenu. Il était enveloppé dans un cocon de quelque chose, le maintenant fermement d'un côté pour qu'il ne puisse pas bouger le moindre muscle. Les seules choses que le groupe pouvait voir et reconnaître étaient quelques mèches de cheveux verts et noirs qui s'échappaient d'un turban emprisonné et des yeux sans cils qui commencèrent à clignoter d'alarme lorsqu'il vit son groupe de sauvetage. *Attention ! Vous allez rester coincés aussi!* cria-t-il dans ses pensées. *Les Dragons de Feu d'Or peuvent revenir à tout moment. Reve Wisher, comme je te l'ai dit auparavant quand tu es arrivé la première fois, tu devrais me laisser et emmener les attrape-rêves avec toi avant que vous ne vous fassiez tous attraper à nouveau.*

"Non, je ne pense pas que quiconque partira avant que tu sois libéré. Je suis certaine que Keely s'est occupée des Dragons de Feu d'Or et de Wishkers pendant très, très longtemps ; leurs feux et leur mal ont à jamais disparu. Nous devons juste trouver la meilleure façon de te sortir de ce rocher cocon sans nous emmêler. As-tu des idées ?"

"Attrapes-Reves, vole tout droit vers le haut."

demanda Reve Wisher.

"Je crains qu'il y ait toujours un danger. Soyez très prudents !" avertit Simon. "Je ne suis pas sûr, mais j'ai eu beaucoup de temps pour réfléchir dans cet œuf. Je ne me souviens pas comment les Dragons de Feu d'Or m'ont enfermé à l'intérieur. J'étais inconscient pendant longtemps, mais je me souviens qu'il y avait une chaleur intense à un moment donné. Peut-être que si toi et un groupe d'attrape-rêves mettez vos cornes ensemble, vous pourriez brûler un trou dans cette paroi fibreuse."

"Un essai qui vaut la peine," commenta Reve Wisher.

"Mais je pense que nous devrions commencer à un point dans l'œuf qui est le plus éloigné de Simon," intervint Keely, "au cas où ça prendrait feu au lieu de simplement brûler à un endroit."

"*Unicornus*, venez à cette extrémité, et unissons nos *cornus*," commanda Attrapes-Reves, utilisant des mots archaïques mélangés à des mots modernes.

Une foule d'attrape-rêves et de Reve Wisher unirent leurs cornes. Alors que l'éclat passait du bleu-rouge au blanc brûlant, ils frôlèrent le bord de l'œuf, brûlant la membrane. Ils n'étaient pas préparés à ce qui arriva ensuite ; un cri perçant emplit l'air alors que la membrane s'effondrait comme un énorme ballon, enveloppant totalement Simon. *Je ne peux pas respirer! L'œuf m'étouffe!* dit Simon avec ses pensées. *Aidez-moi!*

"Vite, attrape-rêves !" cria Keely. "Utilisez vos cornes pour enlever cette matière avant que Simon ne meure !"

Des flammes de couleur jaillirent à son commandement. Chaque attrape-rêves souleva plus que son propre poids en éclatant la membrane à plusieurs endroits et en la tirant loin d'un Simon encore emmailloté. Reve Wisher se pencha sur Simon, enleva les derniers lambeaux de membrane de ses yeux et de sa bouche, et déroula le cocon avec sa corne et ses sabots. Meowcher, Growler et Keely se joignirent à Reve Wisher, et ensemble, ils réussirent à libérer Simon de la prison qui avait failli l'étouffer.

"Enfin, je peux respirer de l'air réel," dit Simon avec un soupir. "Merci à vous tous de m'avoir sauvé la vie. Je ne pensais vraiment pas avoir beaucoup de chances d'être libre à nouveau." Il fléchit ses bras, balayant sa cape autour de lui et enroulant son turban en même temps. Simon parvint à reprendre la plupart de sa contenance dans le dernier tourbillon, comme seul Simon pouvait le faire.

"Maintenant, dis-moi ce que tu fais ici, Keely, et où est Crea ?" demanda Simon. "Quand je suis parti, je partais en vacances, mais j'ai entendu les appels à l'aide de Reve Wisher et des attrape-rêves, alors j'ai pris ce que je pensais être un petit détour. Les Dragons de Feu d'Or m'ont piégé dans un filet géant puis m'ont emmailloté. Je me souviens d'avoir été frappé par des queues, on aurait dit une centaine de battes de baseball frappant des coups de circuit avec ma tête. Mes oreilles sonnaient si fort qu'aucun autre son n'était entendu, et je ne pouvais même plus chuchoter de pensées à personne."

Il ajouta ensuite, "As-tu remarqué que la coquille de pierre autour de ma prison grandissait ? À terme, elle aurait rampé sur toute la membrane, et j'aurais été piégé vivant, à l'intérieur, pour toujours. Tu es arrivée juste à temps. Je vous en suis très reconnaissant à tous."

"Si ce n'était pas pour Keely, dans un arc-en-ciel de goo violet de l'autre côté du jamais, je serais," déclara Reve Wisher.

"Et Keely nous a sauvés aussi. Et la clavis aurea de Growler nous a libérés," ajoutèrent les attrape-rêves.

Keely baissa timidement les yeux vers les orteils de ses bottes vertes alors que les mots de louange la faisaient rougir de plaisir. Se penchant, elle caressa Meowcher et Growler et ajouta ses propres mots. "Je n'aurais rien pu faire sans vous deux. Vous m'avez donné beaucoup d'idées et de force en cours de route. Nous sommes une super équipe."

Se redressant à nouveau, elle dit : "Maintenant, Simon, pour répondre à ta question précédente, je suis venue chercher un remède pour Crea. Elle est gravement malade, et nous essayons de trouver le remède. Nous avons été détournés avec les Dragons de Feu d'Or et les attrape-rêves, mais nous devons trouver la formule et rentrer chez nous auprès de Crea. Je m'inquiète vraiment pour elle. Je ne sais pas combien de temps il lui reste. Nous aideras-tu à trouver le traitement ?" demanda-t-elle.

En même temps que Keely parlait à Simon, les attrape-rêves et Reve Wisher discutaient de la manière de gérer tous les rêves, espoirs et souhaits des étoiles déchues attrapées. Ils restaient en énormes tas près de l'entrée de la grotte. Les Dragons de Feu d'Or s'étaient débarrassés des étoiles déchues, les projetant immédiatement dans la Rainbow River dès qu'ils les attrapaient, où elles étaient absorbées rapidement. Peut-être, éventuellement, celles qui restaient encore dans les autres rubans de la rivière trouveraient leur chemin de retour dans le ciel, vers de nouvelles constellations, et se joindraient aux étoiles récemment renaissantes lorsque le monstrueux Dragon de Feu d'Or a explosé. Le plus gros problème pour le moment était de déterminer comment exaucer les vœux, espoirs et rêves perdus de toutes ces personnes qui les avaient souhaités aux étoiles déchues. Il y en avait tellement et pas assez d'attrape-rêves pour faire le travail. Reve Wisher eut une idée et se tourna vers Simon. "S'il te plaît, Simon, tu dois nous aider."

Simon se tourna d'abord vers Keely, parlant dans sa forme normale mais un peu raide : "Keely, tu fais un travail remarquable. Je suis tellement fier de toi. C'est toi qui trouveras le remède pour Crea. Je sais que tu as peur, mais tu peux le faire et tu le feras. Je t'aiderai à te remettre en route, mais tu dois le faire toi-même. Crea croit en toi. Tu crois en Crea, et je crois en toi. Maintenant, écoute attentivement. Je sens comme toi qu'il reste peu de temps, mais tu peux et tu réussiras, Keely. Tu dois croire en toi."

Les mêmes mots que Gramms avait prononcés si souvent ricochaient dans la grotte : "crois—en—toi—toi—toi." Et les paroles de Simon avaient renforcé les lambeaux de confiance qui grandissaient en elle : "tellement fier de toi."

Simon continua, "Tu dois localiser une petite vallée à la lisière de l'Ever Part of Always. Au milieu, il y aura un lagon profond avec les eaux les plus bleues et les plus claires de tous les cieux et terres, vus et pas encore vus. C'est la Piscine des Espoirs et des Rêves. Il est crucial de ramener de l'eau de là-bas pour guérir Crea, mais tu dois d'abord la mélanger avec des larmes des arbres de la tristesse qui pleurent vraiment. Ils vivent aussi dans cette vallée. Tu les reconnaîtras aux larmes qui pendent de leurs troncs en amas de cristaux. L'un a de petites fleurs blanches, et l'autre a une écorce jaune et des épines. Les deux arbres ont un parfum merveilleux qui te fait oublier tes peurs. Ces larmes sont parmi les plus grands trésors du monde. Fais attention de ne pas blesser les arbres qui les produisent.

"En premier lieu, tu dois atteindre l'Ever Part of Always, et la partie la plus difficile pourrait être de trouver la porte secrète de la vallée. Je n'y suis allé qu'une fois, il y a très, très longtemps. Je me souviens avoir voyagé le long de la queue d'une comète et avoir somehow atterri dans un endroit plein de fleurs d'apparence particulière. Je n'en ai pas revu depuis ce temps, mais je me souviens que lorsque je les ai senties, quelque chose d'incroyable s'est produit. Je ne peux pas l'expliquer, mais j'ai été emporté dans une spirale en tire-bouchon de nuages de joyaux rouges et verts et tiré à travers l'entrée cachée, atterrissant près de la piscine. Un autre problème important, cependant, est que je ne pense pas que tu pourras voler à l'intérieur de la vallée ou sur une distance près de la vallée. Tu devras voyager à pied ou par d'autres moyens. Je sais que ma cape ne fonctionnait pas, et les licornes ne peuvent normalement pas voler là-bas non plus."

Bien, nous avons eu des difficultés à voler dans plusieurs régions, donc nous sommes presque habitués à cela. À quoi ressemblent les fleurs, Simon ?" demanda Keely. Alors que Simon décrivait les fleurs, une image de Crea touchait l'esprit de Keely. Elle regardait les yeux de Crea s'ouvrir en grand devant elle, avec la forme mystérieuse de la fleur solidement ancrée dans la partie la plus sombre de la pupille. Keely était tellement enchantée qu'elle entendait à peine les derniers mots de Simon.

"Et les fleurs semblent toujours pousser dans ces 'bassins qui rotent' de boue verte et violette qui sont brillants comme du cuir verni et vraiment collants au toucher," conclut Simon.

"Wow, ça me rappelle quelque chose," réfléchit Keely. "Je me demande où j'ai vu quelque chose de similaire ? Hmm." Keely montra à Simon l'indice mystérieux sur la boucle de papier parchemin rouge, et il n'avait aucun indice supplémentaire à lui donner concernant l'emplacement de la vallée. Il renforça simplement la première ligne de conseils, ajoutant que la réponse serait là quand elle en aurait besoin si elle utilisait son esprit.

Laissant Keely à ses pensées, Simon se tourna vers Reve Wisher et offrit ses services pour aider à livrer tous les vœux, espoirs et rêves autrefois perdus, maintenant retrouvés, demandant à Reve Wisher ce qu'il avait en tête.

Le plan de Reve Wisher semblait un peu fou, mais pour Simon, c'était une de ces idées "est-possible". Reve Wisher proposa d'utiliser l'un des anciens filets des Dragons de Feu d'Or laissés dans le coin de la grotte avec les vœux abandonnés. Il voulait que Simon le charge avec tous les vœux, espoirs et rêves jetés, puis traîne le filet jusqu'au sommet d'un arc-en-ciel et distribue tous les vœux un par un aux attrape-rêves pour la livraison. Chaque attrape-rêves se concentrerait sur l'exaucement d'un vœu, espoir ou rêve à la fois et reviendrait vers Simon quand il aurait terminé le premier, prendrait le deuxième, et ainsi de suite jusqu'à ce que tous soient pris en charge. Les vœux, espoirs ou rêves les plus grands ou les plus compliqués seraient donnés à Reve Wisher puisqu'il était la licorne avec le plus d'expérience et de pouvoir.

"Keely, penses-tu que tu peux trouver le remède pour Crea pendant que j'aide Reve Wisher et les attrape-rêves ?" demanda Simon. "Tu t'en es très bien sortie sans mon aide, et je crois en toi. Je sais que tu peux finir le travail sans moi. Oh, et je passerai par l'entrée de la grotte, récupérerai le tapis et le prendrai avec moi, pour qu'il ne soit pas perdu. Je vous rejoindrai, toi et Crea, dès que nous aurons fini. Qu'en penses-tu ?"

Keely se tourna vers ses acolytes—un autre de ces mots que Gramms utilisait pour appeler ses camarades de jeu—et leur posa la même question. "Qu'en pensez-vous, les gars ?"

La réponse fut criée à l'unisson. "Oui, nous le pouvons ! Nous pouvons le faire !"

"Reve Wisher et attrape-rêves, il est temps de voler," commanda Simon, et tous disparurent dans un tourbillon frénétique de cornes, crinières et robes flottantes, se précipitant vers les vœux, espoirs et rêves compartimentés.

"C'est génial," commenta Keely. "Le filet est parfait pour emporter tout le lot de la grotte en une seule fois," ce qui était une autre expression fréquente de Gramms pour "tout d'un coup" que Keely aimait utiliser. Tout le monde participa ; même Keely, Meowcher et Growler aidèrent avant de poursuivre leur recherche de la vallée cachée dans l'Ever Part of Always.

Aucun membre du groupe ne s'arrêta pour regarder de près les vœux ou n'essaya de les trier rapidement avant de les jeter dans le filet. S'ils l'avaient fait, ils auraient vu que certains étaient restés dans la grotte pendant des décennies, attrapés bien avant que les attrape-rêves eux-mêmes ne soient capturés. Apparemment, pendant une période prolongée et inconnue, les rusés Dragons de Feu d'Or avaient attrapé quelques étoiles et jeté les vœux juste par méchanceté, des vœux que les attrape-rêves ne savaient même pas qu'ils avaient manqués. *Simon ramassa les bords du filet et essaya* de le traîner sur le sol, mais il était trop lourd même pour lui. "Attrape-rêves, j'ai besoin de votre aide. Faites un cercle et enfoncez vos cornes dans quelques trous près du haut du filet pour m'aider à porter la charge," instruisit-il. "Nous n'avons pas à le porter très loin. Nous volerons jusqu'au sommet de l'arc-en-ciel le plus proche, en excluant celui sous lequel nous sommes. Je pense qu'il y a assez de lumière des étoiles, de la lune et de vos propres cornes pour nous aider à livrer les vœux perdus le plus rapidement possible. Essayez d'exaucer autant de vœux, d'espoirs et de rêves que possible, mais ne vous inquiétez pas pour ceux pour lesquels vous ne pouvez pas trouver les souhaiteurs, les rêveurs ou les espérants. Renvoyez-les-moi, et je verrai ce que je peux faire avec eux plus tard. Je vais aller chercher le tapis d'abord, avant de commencer les livraisons."

"Keely, Meowcher et Growler, vous feriez peut-être bien de commencer aussi." Mais en disant cela, il remarqua qu'ils avaient déjà commencé à marcher plus profondément dans la grotte.

"Simon, nous avons une idée," dit Keely. "Prends soin de toi. Nous te verrons bientôt !" Leurs adieux résonnèrent bruyamment sur les parois de la chambre.

Chapitre Vingt-Deux

Les Voeux Deviennent Réalité

L es deux groupes poursuivirent séparément, chacun concentré sur l'accomplissement de sa mission. Keely, Growler et Meowcher partirent enquêter sur les fleurs inhabituelles poussant dans la boue brillante sur les parois de la grotte. Simon et son groupe volaient un peu instablement vers l'un des arcs-en-ciel plus larges qui se dessinait dans le ciel nocturne en dessous d'eux.

À mesure que ce groupe mixte d'attrape-rêves licornes et de Simon approchait de l'arc-en-ciel, ils cherchèrent un endroit pour atterrir et lancer l'Opération Vœux. Ils découvrirent le site d'atterrissage parfait au sommet de l'arc-en-ciel. L'halo aux sept couleurs s'aplatissait au point le plus élevé de son arc, et de nombreux nuages argentés flottaient de chaque côté, qui soutiendraient le filet de vœux, d'espoirs et de rêves. Simon se mit immédiatement au travail après l'atterrissage. Il plaça le filet entier sur l'un des nuages, avec un pied sur le rebord de l'arc-en-ciel et un sur la bordure argentée du nuage. Les attrape-rêves retirèrent doucement leurs cornes du filet et se rangèrent devant Simon, prêts pour ses prochains ordres. Simon plongea dans le filet et en retira le premier vœu. Il souffla un peu de poussière encore accrochée au vœu, lut rapidement son contenu, esquissa un sourire en coin, et le plaça fermement sur la corne du premier attrape-rêve. "Celui-ci est un peu vieux, et le souhait peut ne plus avoir besoin d'un vélo rouge pompier avec une sirène qui siffle comme un train, mais vérifiez quand même," dit-il en riant. "Peut-être qu'il a un petit garçon ou une petite fille souhaitant la même chose que le père autrefois. Vous devrez peut-être faire preuve d'un peu de créativité pour accorder certains de ces vœux."

Le suivant était un souhait d'une petite fille, souhaitant que sa mère guérisse, et puis il y en avait un d'une mère, souhaitant que sa fille en fuite rentre à la maison. Il y en avait un d'un petit garçon souhaitant un chiot, un autre d'un adolescent amoureux souhaitant que la fille nommée Tracy l'aime, et ainsi de suite. Simon lut rapidement les vœux puis les distribua aux attrape-rêves. Reve Wisher prit le vœu de la mère souhaitant que sa fille rentre à la maison, car ce vœu nécessiterait un peu plus de recherche que certains autres.

Après la distribution initiale des vœux, Simon tria les restes en tas selon le type de vœu, d'espoir ou de rêve et le degré de difficulté. Cela faciliterait beaucoup la distribution au fur et à mesure que les attrape-rêves revenaient pour leurs deuxièmes missions, puis leurs troisièmes, et ainsi de suite. Certains attrape-rêves préféraient accorder des vœux d'enfants, d'autres d'adultes, et quelques-uns se spécialisaient dans ceux liés à l'amour ou uniquement à la douleur. Certains ne réalisaient que des espoirs, et d'autres des rêves. Il y en avait pour tous, quel que soit leur domaine de prédilection. *L'Opération Vœux prendra beaucoup plus de temps que je ne l'avais prévu. Espérons que Keely n'aura pas besoin de moi,* pensa Simon.

Simon et Reve Wisher demandèrent aux attrape-rêves de se déplacer aussi rapidement que possible vers leurs destinations, en utilisant tous les moyens disponibles. Simon fit une pause un moment pour écouter ; le flux des conversations des licornes dans plusieurs dialectes—une symphonie sonore depuis les étoiles derrière la lune, depuis les arcs-en-ciel au bord de Saturne, depuis les cascades reliant les univers—fusionnait en poésie, peignant les cieux, récitant les joies d'hier et les espoirs de demain.

Plusieurs licornes commencèrent en attrapant des trajets sur des rayons de lune qui tournoyaient près de l'arc-en-ciel, car les rayons de lune se déplaçaient beaucoup plus rapidement que les attrape-rêves ne pouvaient voler. Un petit nombre décida de glisser le long des arcs-en-ciel pour atteindre leurs objectifs. Certains attrape-rêves étaient habitués à voyager de cette manière, car l'un de leurs passe-temps lorsqu'ils étaient jeunes licornes était de jouer sur les arcs-en-ciel et d'essayer de voir jusqu'où ils pouvaient glisser avant de tomber. Ils prenaient un élan, atterrissaient au milieu du sommet d'un arc-en-ciel descendant, glissaient jusqu'en bas, puis sautaient sur le sommet du prochain arc-en-ciel pour répéter le processus. Glisser sur les arcs-en-ciel était comme glisser sur ces énormes toboggans glissants que le père de Keely avait l'habitude de fabriquer dans leur jardin. D'abord, il prenait un vieux rideau de douche en plastique, le coupait en deux dans le sens de la longueur et plaçait les morceaux bout à bout. Ensuite, il mouillait tout le plastique avec le tuyau d'arrosage du jardin et laissait l'eau couler près du haut du premier morceau de plastique. Keely et ses amis prenaient de l'élan et atterrissaient—plouf—sur leurs ventres, glissant jusqu'à la fin, jusqu'à ce qu'ils s'arrêtent brusquement dans l'herbe. Habituellement, ils crachaient de l'herbe hors de leurs dents, se moquant d'eux-mêmes en riant aux éclats.

À peu près au moment où les premiers attrape-rêves s'envolèrent pour accorder des vœux, Keely, Meowcher et Growler arrivèrent aux fleurs qu'ils voulaient enquêter. Heureusement, une partie de la lumière éclairait toujours les parois, révélant les endroits où se cachaient les fleurs. Marchant en file indienne et restant aussi près du mur que possible, ils s'approchèrent des taches luisantes, remarquant que la boue dans laquelle poussaient les fleurs était en fait à la fois verte et violette—et très polie, presque comme un miroir. Quelque chose dans la façon dont les fleurs brillaient dans la faible lumière, ou peut-être était-ce la légère brise qui les fit frissonner tous les trois, mit Keely en alerte. Son estomac se contracta dans une crise d'inquiétude, alors elle ferma les yeux et essaya de réprimer les visions effrayantes, forçant sa voix à paraître normale.

"H-hey, regardez par ici. L'une de ces fleurs pousse près du sentier. C'est facile à vérifier," dit Keely, avec un tremblement nerveux qu'elle ne pouvait pas tout à fait contrôler. Elle s'élança vers elle, ne se rendant pas compte que le sentier régulier se terminait et qu'elle courait dans la même boue brillante qui entourait la fleur. Meowcher et Growler, tirant toujours Red Chariot, la suivirent. Keely atteignit la fleur en premier et se pencha pour l'examiner attentivement, puis elle entendit un son de glouglouttement et un cri derrière elle. La boue avait bouillonné soudainement en une immense bulle et éclaté sur Growler et Meowcher. Elle semblait glouglouter de nouveau quand Keely essaya de se retourner. Elle découvrit que ses bottes étaient fermement collées, et cette boue vert-violet, glougloutante, lui arrivait presque aux chevilles. Elle ne pouvait pas avancer ni reculer. Cependant, Meowcher était dans la pire situation. Son pelage était couvert de boue rottée, et elle était aspirée rapidement sous la surface. Elle hurla, miaulant à l'aide alors que sa tête disparut, suivie quelques secondes plus tard par le bout de sa queue.

"C'est quoi, cette substance, Keely ?" aboya un Growler paniqué. Il se débattait toujours frénétiquement avec Red Chariot, son destin attaché au harnais ceinturé. "Je ne peux pas me libérer !" glapit-il alors que la boue continuait à le tirer. "Utilise ton esprit, Keely ! Utilise ton esprit !" Ses oreilles tachetées restaient visibles un moment, puis elles aussi étaient invisibilisées, avec Red Chariot.

Keely était entraînée vers le bas aussi, mais pas aussi vite que les deux autres. Elle avait le temps d'attraper la fleur et de la renifler profondément pendant un moment. Elle utilisa son esprit pour écraser les peurs de suffocation. Ensuite, Keely se força à se concentrer, repoussant les terreurs dans un coin, et réussit à déplacer Meowcher et Growler, engloutis par la boue, à côté d'elle avec ses pensées. Leurs destins étaient liés. Keely se détendit alors, ferma les yeux, avala une dernière gorgée d'air, et disparut de la grotte dans un énorme glouglou de boue. Son esprit se concentrait sur Crea, les arcs-en-ciel, les cascades et les bassins d'étoiles. Dans une ombre de conscience, elle aperçut un nuage étincelant descendant et aspirant les trois glouglous.

Quelques instants plus tard, les dernières lumières étincelantes s'éteignirent dans une bourrasque glacée qui balaya la grotte, ne laissant aucune trace de leur passage, jamais.

Chapitre Vingt-Trois

La Partie Éternelle Ou Toujours

Dans l'Ever Part of Always, une fissure s'ouvrit quelque part dans les cieux, et trois éclaboussures retentissantes se joignirent au rugissement. Elles splish-splashaient, une par une, dans une piscine bleu-vert devant un mur assourdissant d'eau. La piscine était peu profonde, mais Meowcher et, surtout, Growler, avec Red Chariot toujours attaché, peinaient à garder la tête hors de l'eau. Après leur atterrissage éclaboussant, Keely se leva, ses bottes touchant fermement le fond, tenant toujours la fleur. Elle essuya les mèches dégoulinantes de ses yeux et localisa presque immédiatement Meowcher et Growler. Après s'être dirigée vers Meowcher, elle attrapa une touffe de fourrure à l'arrière de son cou, comme elle avait l'habitude de le faire avec les chatons ou les petits chiots, et la secoua un peu. Ensuite, Keely aida Growler avec Red Chariot alors qu'il pagayait vers le rivage, soulevant Red Chariot à la surface de l'eau d'une main tout en maintenant Meowcher avec l'autre.

S'effondrant épuisés sur le sable, les amis trempés prirent un moment pour se tourner vers le son, et leur souffle leur fut presque arraché. Devant eux se dressait une cascade tombante entre les dimensions du ciel et de la terre. Ils ne pouvaient même pas voire où elle commençait - son rebord très haut touchait un rebord non nommé d'étoiles. L'eau jaillissait droit d'au-dessus du sommet du ciel ; des teintes brillantes de bleus, de verts et d'argent, avec une touche de feu caché qui brillait de l'autre côté de la chute, coulaient en éruptions tonitruantes de lave et de glace ensemble. Des rayons de lune verdâtres-orange mêlés à des éclats de feu et de diamants gelés flottaient dans l'air, étreignant les bords des chutes, suintant de la cascade.

Wow !

B-wow !

Me-ow wow !

Les trois exprimèrent leurs pensées ensemble alors que leurs paupières se déverrouillaient dans l'admiration de ce que leur esprit ne pouvait contenir.

"C'était une sorte de boue. Je n'ai jamais pensé que nous en sortirions vivants ni que cela nous mènerait ici. Je parie que tes tours d'esprit ont beaucoup aidé, Keely," déclara Meowcher, très soulagée. "Regardez simplement cet endroit. Il est possible que nous ayons atterri dans l'Ever Part of Always. Cela ressemble certainement à ce que je m'imaginais de l'Ever, ou comment je l'imaginais."

"Eh bien," dit Keely, "c'est un soulagement que nous ayons survécu à la mare de boue. J'ai utilisé mon esprit sur celui-là et je suis contente que ça ait marché. Mon cœur bat toujours la chamade. Je pense qu'il bat plus fort qu'un tambour dans un cirque ! Il est temps de se détendre un instant," conclut-elle, et ils fermèrent les yeux pour se calmer et se recentrer. Après un moment, elle soupira, "D'accord, prêts à nouveau."

Meowcher parla en premier. "Tout ce que nous avons à faire maintenant, c'est de trouver cette petite vallée dont Simon parlait. Que voulez-vous chercher en premier - les arbres chagrins ou la lagune spéciale ?"

"Puisque je suis familière avec les arbres, cherchons-les en premier," suggéra Keely. Soudain, la paume de Keely commença à la démanger ; la fleur écrasée dans son poing fermé la chatouillait jusqu'à ce qu'elle ouvre la main. Alors que ses yeux non clignotants fixaient, elle changea de forme ; une série de lignes bleues zigzaguaient à travers les pétales. La posant soigneusement sur un gros morceau de bois flotté le long du bord de la piscine, elle vit que les lignes n'étaient pas simplement les veines d'un pétale mais étaient des marques étroites d'une véritable carte au trésor. "On dirait que nous avons nos prochaines instructions", dit-elle. "C'est une carte fragile, extrêmement délicate. Voyez les petits gribouillis et comment ils ressemblent à des larmes ? Peut-être que ce sont les arbres qui pleurent. Qu'en pensez-vous ?" Keely n'était pas sûre d'avoir interprété correctement les pétales. Peut-être que c'était juste une fleur écrasée, et son imagination s'emballait à nouveau, comme sa mère aimait le dire.

Cependant, Meowcher et Growler pensaient que cela valait la peine de vérifier. Meowcher fut la première à repérer une possible cascade sur la carte, marquant où ils se trouvaient actuellement, avec des symboles incurvés qui se tordaient et s'entremêlaient. Si elle avait raison, ils avaient un point de départ. Après avoir examiné la carte des pétales et l'avoir déplacée dans tous les sens pour voir s'ils auraient de nouvelles idées, ils décidèrent que le meilleur moyen d'atteindre les arbres chagrins serait de traverser la cascade. Keely adorait l'expression "smack-dab", une autre phrase préférée de Gramps, utilisée pour décrire l'emplacement dans ses aventures lorsqu'il se trouvait exactement au milieu de quelque chose d'excitant.

La carte montrait un sentier caché commençant quelque part derrière la cascade qui menait à la vallée et à la forêt d'arbres. Keely avala ses doutes et fit un pas en avant en premier, suivi de près par Growler et Meowcher. En approchant de la cascade, Keely passa son bras à travers la brume et l'eau, puis un pied, puis sa tête, et finalement elle passa complètement à travers. Meowcher suivit, puis Growler et Red Chariot en troisième. De l'autre côté, la brume flottait au-dessus du sol en amas informes, couvrant des portions du sentier. Mais le chemin était facile à voir, et le groupe n'eut aucun mal à le suivre loin des chutes. Ils avancèrent en silence pendant plusieurs minutes, remarquant que la brume verdâtre-orange semblait grandir en hauteur et en largeur à chaque pas, jusqu'à ce qu'on ait l'impression de marcher au ralenti à l'intérieur d'un tunnel nuageux. Ils ne réalisèrent pas que ni le sentier ni la brume ne restaient au sol où ils avaient commencé ; ils voyageaient vers le haut, prochain arrêt inconnu.

Le chemin se termina brusquement ; le bord du tunnel s'adoucit et se fusionna en une falaise suspendue de nuages et de rochers. Ne sachant pas à quoi s'attendre, ils s'ouvrirent prudemment un chemin à travers la brume qui persistait et se retrouvèrent debout sur une corniche bosselée et rocheuse surplombant une autre vallée, remplie d'arbres. De leur perchoir, il semblait que des arbres chargés de fruits dorés et argentés scintillaient, entourant une petite oasis d'arbres au look encore plus étrange, nichés au cœur même de la vallée.

Keely prit un moment pour examiner sa carte de pétales, qui indiquait que les arbres avec des larmes devraient se trouver au centre d'une forêt d'arbres inhabituels, et les bois juste devant eux répondaient certainement à la qualification d'inhabituel. "Que diriez-vous si nous vérifions ceux du milieu, les amis ?" proposa Keely. "Ce pourraient être les arbres que nous cherchons."

Tous étaient d'accord et se dirigèrent aussi rapidement que possible vers l'oasis, toujours sur pieds et pattes car ils n'avaient pas encore retrouvé leur capacité de voler. Ils firent une pause pour contempler brièvement la variété de fruits incrustés de diamants et étoilés suspendus aux branches. Il y avait trop de formes et de tailles différentes pour les compter : rond, carré, rectangulaire, triangulaire, ovale, plat, gros, même en forme de glaçon. Et chacun d'entre eux brillait d'une radiance et d'une lumière inégalées par l'étoile la plus éblouissante, même celles des étoiles figées célèbres, capturées en flocons de neige dans le ciel sous la pleine lune d'hiver. "Ils sont trop beaux pour être cueillis", soupira Keely pour elle-même, "d'autant plus qu'ils ne ressemblent en rien à des larmes."

En quelques minutes, ils pénétrèrent au cœur de la vallée et virent l'oasis devant eux. C'était une petite clairière d'arbres poussant dans du sable rouge pailleté de bronze. Certains avaient des troncs noueux avec des branches épineuses et épineuses, une écorce jaunâtre et de petites feuilles, et d'autres avaient des fleurs délicates, pâles, jaune-blanc avec des centres rouges bourgeonnant sur de longues branches tout autour de l'arbre. Sur chaque arbre étaient regroupées des amas en forme de larmes, pleurant de leurs troncs. L'un avait des larmes jaunes et brun-rougeâtre, comme l'écorce, et sur l'autre, les larmes étaient blanchâtres, ambrées translucides parsemées de poussière d'or. Une aura mystique semblait émaner de la clairière, imprégnant l'air et chatouillant les sens du groupe, les incitant à fermer les yeux et à inspirer profondément, suspendant le temps pendant un moment. Dans une vague soudaine de pétales de l'arc-en-ciel, peints à la main - d'une origine inconnue - qui tombaient sur le sol, toutes les peurs et les inquiétudes quittèrent le trio à mesure qu'ils approchaient de la clairière.

Se déplaçant doucement comme dans un murmure, Keely leva la main pour arracher des larmes à l'un des arbres à l'écorce jaune, mais d'abord, se souvenant de Will, demanda la permission avec ses pensées.

S'il vous plaît, M. Arbre, je m'appelle Keely. Je ne connais pas votre nom, mais j'aimerais vraiment avoir une de vos larmes pour faire un remède pour aider Crea. J'espère que cela ne vous dérange pas trop.

Les feuilles de l'arbre se mirent à bruire bruyamment comme prises dans une tempête de vent, une basse vibration bourdonna dans l'air, et un bourdonnement léger et lyrique frôla ses lèvres avant de passer à travers ses yeux pour atterrir sur ses oreilles. "Ça ne me dérange pas, Keely. B-zzzing ! Prenez-en autant que vous en avez besoin. Mon nom est Myrra, Mlle Myrra. Je pourrais commencer à pleurer un peu, mais ne vous inquiétez pas. B-zzzing. ZZing. Je veux vous aider autant que je le peux. Faites attention à mes épines." Keely entreprit de récolter deux grosses larmes. Les larmes étaient presque impossibles à détacher, et Meowcher et Growler ajoutèrent leurs griffes et leurs dents à l'effort avant de réussir enfin. Presque immédiatement, un liquide jaune commença à couler des plaies, et ils entendirent tous le gémissement. "ZZingring, tingring." Mlle Myrra souffrait beaucoup.

"Que pouvons-nous faire pour aider Mlle Myrra ?" s'écria Keely. "Je ne voulais pas lui faire de mal."

"Je sais quoi faire," répondit Growler. "Nous avons encore un peu de miel de l'arc-en-ciel que tu as utilisé pour me soigner. Peut-être que ça arrêtera la douleur. Il est dans le seau dans le Char Rouge."

"Excellente idée", dit Keely. Meowcher attrapa le seau et le lui apporta. Keely en prit une grosse poignée et l'appliqua directement sur les plaies brutes. Meowcher le lécha dans les crevasses profondes de l'écorce rugueuse afin qu'aucune partie ne soit laissée exposée. Le gémissement s'arrêta, et ils s'appuyèrent tous contre le tronc de Mlle Myrra et lui firent un gros câlin. "Merci beaucoup, Mlle Myrra."

"Non, Keely, c'était un honneur pour moi de vous aider. Je vais bien. Le miel guérit mes blessures." Et son bourdonnement les inonda tous d'un sentiment d'espoir que tout allait bien se passer.

Ils se dirigèrent ensuite vers l'autre arbre chagrin, et avant qu'ils ne puissent demander la permission, une voix profonde, cliquetant comme des pierres tombant dans une avalanche ou un polisseur de pierres de classe de sciences,

gronda : "Je suis Franki, brockru ckru ekrudo— je veux dire...
allez-y et prenez les larmes dont vous avez besoin, Keely. Je
veux aider Crea aussi."

Dès qu'ils eurent fini d'arracher les larmes du tronc
de Franki, ils couvrirent les coupures avec le miel restant,
et Meowcher et Growler le léchèrent dans tous les coins
de l'écorce déchirée. Franki poussa un profond soupir
bourdonnant alors que la douleur disparaissait, les
remplissant d'un nouveau courage. Les amis terminèrent
en donnant à Franki un gros câlin. Keely plaça les quatre
précieuses larmes soigneusement dans le Char Rouge et
sortit sa carte pour vérifier leur prochaine destination, la
Piscine des Espoirs et des Rêves.

Chapitre Vingt-Quatre

Bassin D'espoirs Et De Rêves

K eely étudia la carte attentivement pendant plusieurs minutes, essayant de localiser la piscine. "Eh bien, on dirait que la piscine est quelque part sous la cascade", dit-elle. "Je ne suis pas exactement sûre de comment nous sommes censés y arriver, mais je pense que nous devons faire demi-tour et partir de derrière la cascade. Quelqu'un d'autre a une autre idée?" demanda-t-elle. Meowcher et Growler tous deux se penchèrent sur l'épaule de Keely et fixèrent la carte avec elle. Les deux étaient d'accord que la Piscine des Espoirs et des Rêves se trouvait dans la région des chutes, mais ils pensaient que la carte montrait un raccourci possible. À leurs yeux, on aurait dit qu'ils pouvaient grimper hors de la vallée boisée, se diriger vers le sud, traverser une petite crête de montagnes, et finir là où ils avaient commencé. Une fois arrivés au sommet de la cascade, ils pourraient déterminer l'emplacement exact de la piscine.

Keely n'était pas d'accord, soulignant qu'ils savaient

comment sortir de la vallée ; tout ce qu'ils avaient à faire était de refaire exactement leurs pas comme lorsqu'ils étaient entrés. S'ils prenaient une nouvelle direction, ils pourraient vraiment se perdre. Cependant, elle mit cela aux voix pour déterminer la direction de leur voyage. Cela se solda par deux voix contre une en faveur d'aller vers le sud. "D'accord, les gars, vous avez gagné", dit-elle. "On fera comme vous dites." Aussitôt, ils se mirent à trébucher rapidement à travers les dunes mogullées de sable de l'oasis, et Keely s'arrêta un moment pour ramasser plus de sable rouge, le mettant dans la poche de son jean usé et plutôt sale. "Ce truc ressemble aussi au sable de Gramps. On ne sait jamais quand ça pourrait être utile."

Ils continuaient vers le sud à travers la clairière d'arbres fruitiers scintillants recouverts d'une brume légèrement verte, orange et argentée. La brume s'éclaircissait lentement, et ils atteignirent une fourche dans le sentier. Ils ne savaient pas quel chemin prendre, mais Keely remarqua que celui de gauche était beaucoup plus accidenté et raide que l'autre. Il y avait un tas de rochers et de rochers crayeux qui dépassaient de la végétation, tandis que l'autre sentier était fait de sable dur et de petits cailloux graveleux. Il semblait être une décision facile de prendre le sentier le plus facile, mais lorsque Meowcher s'avança pour guider, elle fut littéralement renversée par des vibrations négatives qui palpitaient sur le chemin. "Hmm, je ne suis pas sûre de ce que c'est, les gars, mais je ne pense pas que c'est le bon chemin", siffla-t-elle. "Regardez juste la réaction de la fourrure. Il vaut mieux choisir l'autre."

Je suis d'accord, pensèrent Keely et Growler ensemble.

"On dirait que la fourrure de Meowcher s'est accordée avec le chemin accidenté, pensa Keely. On n'a pas besoin de plus de problèmes. Et ils virèrent tous sur la gauche.

Cela devint un défi croissant avec le Char Rouge, essayant de faire passer la charrette par-dessus tous les gros rochers. Des branches pointues et épineuses semblaient pousser hors des rochers, mordant tout le monde. Keely commença à improviser un air pour maintenir leur moral, et ils le chantèrent sur l'air de "Old MacDonald".

"La vieille sorcière Oucher avait une substance collante dégoûtante, E-I-E-I-O.

Avec un aïe, ouille ici. Et un aïe, ouille là !

Ici un aïe. Là un ouille. Partout un aïe, ouille." "Répétez le chœur tout le monde !" cria Keely.

"Ici un aïe. Là un ouille. Partout un aïe, ouille", chantèrent-ils tous ensemble en riant.

Ils continuèrent à chanter et à rire en progressant lentement hors de la vallée. Après plusieurs heures de lutte, ils atteignirent enfin le sommet de la crête, un par un. En regardant en arrière vers la clairière des arbres chagrins, la seule chose visible était une épaisse brume recouvrant toute la zone, avec des reflets de lumière du soleil flashant sur les fruits scintillants qui continuaient de percer à travers la brume.

Le groupe s'assit soigneusement sur les points les plus ternes des rochers escarpés et se reposa pendant quelques minutes avant de reprendre leur voyage. En observant le sentier qu'ils venaient de parcourir, ils réalisèrent qu'il était complètement couvert de rochers, de gros cailloux, de bâtons et de buissons ressemblant à des herbes folles et épineux.

Chacun laissa derrière lui quelques morceaux de lui-même, des poils de Meowcher et Growler aux fils du chemisier et du jean de Keely. Tous soupirèrent à l'unisson, soulagés que la partie la plus difficile était terminée, du moins le pensaient-ils.

Se levant et s'étirant sur la pointe des pieds, ou des pattes, ils reprirent leur marche et remarquèrent un nuage argenté suspendu silencieusement, juste devant eux sur tout le sentier. Keely prit une profonde inspiration et entra dans le nuage la première, suivie de Growler puis de Meowcher.

"Je ne vois rien !" cria Keely.

"Moi non plus", s'écria Growler.

"Me-ow non plus," ajouta Meowcher en bondissant dans le nuage.

C'était comme marcher dans un épais oreiller moelleux, complètement aveugle, avec seulement un coussin blanc-gris devant, derrière, au-dessus et en dessous d'eux.

"Je pense voir un peu de lumière," dit Keely. "Peut-être que nous sommes presque sortis de cette guimauve."

Après avoir échoué à déplacer le nuage avec sa main, Keely traversa lentement le petit rayon de lumière. "Wow !" s'écria-t-elle bruyamment avec sa bouche et ses pensées simultanées. "Tu dois plaisanter."

Wo-ow-bow, pensa Growler.

Pareillement wo-ow-me-ow-wow, dit Meowcher.

Ils se tenaient sur un minuscule rebord craquant et caillouteux au sommet même de la cascade. Les couleurs les inondaient de lumière, effleurant d'abord leurs yeux puis leurs lèvres, épaules, jambes et orteils, les lavant de la sensation de nager au milieu d'une pluie en chute tout en restant figés sur un bord. L'étagère était une pierre de joyaux liquides, tels que des émeraudes, des rubis et des saphirs qui étaient mous mais craquaient sous leurs pieds, projetant des flammes de lumière gelée. La chose vraiment incroyable, cependant, était que la cascade était à double face. Elle s'écoulait des deux côtés. L'un déversait dans la piscine où le trio avait atterri pour la première fois lorsqu'ils étaient entrés dans la Partie Éternelle du Toujours, et l'autre coulait dans un tunnel sombre du côté opposé.

"Eh bien, je pense que le chemin à suivre est assez évident, n'est-ce pas ?" demanda Keely.

"Oui," soupirèrent les deux autres.

Meowcher ajouta : "Nous avons été d'un côté, mais nous ne savons pas ce qui se trouve au fond de l'autre."

"Avant d'essayer de descendre la cascade, je vais détacher Red Chariot et m'en occuper," dit Keely. "Je pense que vous et Meowcher aurez besoin de toute votre attention, au cas où vous auriez besoin de nager. Je vais aussi attacher toutes les affaires dans Red Chariot pour ne rien perdre. Nous ne savons pas si ce sera une piscine peu profonde comme du premier côté, où il était facile de retrouver tout ce qui était tombé quand nous sommes arrivés." Keely libéra ensuite Growler de Red Chariot. Elle retira ensuite sa veste frangée, semblable à du daim, ses bottes et ses chaussettes doubles et les plaça dans le chariot. Ensuite, elle attacha les objets lâches avec quelques bandes arc-en-ciel et fredonna une chanson apaisante pour elle-même en se préparant à sauter dans le tunnel de la cascade.

"Vous savez, les gars, je repense à ça," dit-elle. "Peut-être que c'est une meilleure idée si j'y vais seule et que vous deux attendiez ici jusqu'à ce que je découvre si c'est sûr ou non. Si je ne vous envoie pas de pensées dans quelques minutes, alors vous pouvez retourner vers Simon et Reve Wisher, et ils pourront s'assurer que vous rentriez chez vous en toute sécurité. Je ne veux pas vous mettre dans plus de danger, et je ne suis pas vraiment sûr de sauter dans cette cascade."

"Non ! Pas question. Tu n'y vas pas seule. Nous sommes tous ensemble," crièrent Meowcher et Growler, "que ça te plaise ou non !"

"Nous sommes une équipe, y'all, et c'est définitif," ajouta Meowcher. "Nous nous donnons de la force quand nous en avons tous besoin."

"Oui, tu as raison," acquiesça Keely, "je veux juste que nous restions tous en sécurité, mais faisons-l'ensemble. Je veux regarder ma carte une fois de plus, pour être doublement sûre." Elle sortit la fleur froissée, et une chose étrange se produisit. Elle essaya de déplier la carte, mais elle refusa de se déplier. À la place, elle se remodela en une énorme fleur. "Bon, ça devient vraiment étrange," dit Keely. "Je me demande ce que cela signifie ?" La question était à peine dans l'air quand ils pensèrent tous trois à la réponse.

Sentez la fleur, et ils le firent, tous en même temps. Il n'y avait pas de place pour les hésitations ou la peur dans leurs esprits. Alors qu'ils sentaient la fleur, le groupe sauta dans le tunnel de la cascade et hurla de toutes ses forces : "Yahoo ! C'est parti !"

Ils glissèrent et glissèrent ensemble, criant et hurlant en tournant et retournant, à la fois de côté et tête en bas. *C'est sauvage de faire un saut périlleux à travers une cascade*, pensa Keely. Elle lâcha Red Chariot au premier roulement, et c'était la seule chose qui parvint à flotter sans basculer une fois.

Le retournement s'arrêta une fois qu'ils plongèrent dans l'eau. Il y eut quatre bruits forts de splash alors, une fois de plus, les trois d'entre eux, plus Red Chariot, atterrirent dans un lagon, cette fois de feu et de glace. Les parois de la piscine étaient littéralement incrustées de diamants, et l'éclat du soleil au-dessus donnait l'impression que l'eau était en feu. Le groupe épuisé se dirigea vers la rive, et Keely poussa Red Chariot devant elle. Une fois qu'ils eurent atteint la petite bande de plage et commencèrent à se sécher, ils examinèrent leurs environs. Le tunnel de la cascade se dressait d'un côté derrière eux, et devant eux s'étendait une zone marécageuse, couverte de nuages multicolores et filandreux. À gauche et à droite, il y avait des zones de sable rouge qui s'étendaient vers un autre groupe d'arbres particuliers, mais ceux-ci avaient des troncs minces, rayés orange et rouge, et des branches surdimensionnées, toujours vertes d'un côté seulement, ondulant légèrement dans la brise. Toutes les branches en forme de bras pointaient vers le même endroit, une petite clairière au bout de la bande de sable rouge. "Hmm, même le sable est dirigé là-bas, comme une flèche rouge.

"Cela pourrait être le signe final", commenta Keely. "Après avoir pris une collation, dirigeons-nous là-bas."

Lorsqu'ils atteignirent la clairière, ils découvrirent une petite mare d'une eau bleue claire. Elle bouillonnait, semblant respirer comme si elle était vivante, et de petits cailloux blancs parsemaient le sable argenté pur qui l'entourait. Un filet d'argent très fin, semblable à la matière du sac de Gramms que Keely avait sauvé du sac Goodwill, recouvrait complètement l'eau. Sur un côté de ce filet pendait un grand cadenas.

"C'est fou de faire des sauts
périlleux dans une cascade."

"Oh non, pas encore un cadenas sans clé", soupira Keely. "Où est la clé ? Nous avons certainement acquis beaucoup d'expérience maintenant avec les serrures inconnues. Nous devons l'examiner et voir si nous reconnaissons la forme." Après avoir examiné la serrure pendant quelques instants, Meowcher fut la première à reconnaître le motif. Il ressemblait à un mince fil d'argent, en spirale tout autour jusqu'à un petit point au centre de la serrure.

"Eh bien, y'all, je connais ce dessin", déclara Meowcher. "J'y mets des arcs-en-ciel tout le temps. Ma broche d'écharpe ressemble exactement à ça dans le miroir. Je parie que c'est la clé."

Et c'était bien le cas.

Keely retira délicatement la broche du cou de Meowcher et l'inséra dans la serrure. Elle la tourna avec précaution et lentement jusqu'à ce qu'elle clique en place. Cependant, lorsque Keely tenta de la soulever vers le haut et de la sortir de la mare, les deux bobines en spirale s'entremêlèrent, l'immobilisant. Ensuite, elle essaya de la pousser et de la tourner vers le filet, et les petits cailloux violets commencèrent à luire. Elle s'ouvrit enfin avec un fort grincement et plusieurs clics de métal gratté, rappelant à Keely le bruit qu'elle faisait lorsqu'elle manquait le tableau avec la gomme et qu'elle le grattait avec son ongle.

Ensemble, ils roulèrent le filet en argent et restèrent silencieux, regardant l'eau gargouiller pendant quelques instants. La profondeur était telle que, même si l'eau était cristalline, le fond restait invisible. Des souches étouffées de harpes et de flûtes atteignaient leurs oreilles, d'une manière étrangement familière.

"D'accord, les gars, notre objectif est de recueillir autant d'eau que possible. Nous devons utiliser tout ce que nous avons pour fabriquer des récipients", déclara Keely. Tout d'abord, ils remplirent le seau en plastique. Il conservait encore quelques taches collantes de miel arc-en-ciel sur les côtés, mais ils choisirent de ne pas le rincer, pensant qu'un peu de miel ne ferait pas de mal à l'eau et pourrait même renforcer ses propriétés curatives.

"On pourrait verser une quantité considérable d'eau dans le bocal de Kool-Aid, mais il contient encore quelques écailles de dragon, y compris certaines en or. Je ne suis pas sûre de quoi faire de ces écailles. Je crains que si nous les mettons dans le sable, elles pourraient recommencer à pousser." Après avoir réfléchi au problème pendant quelques minutes, elle fit une suggestion. "Peut-être que si nous versons de l'eau des Larmes des Rêves et des Espoirs sur les écailles, cela éteindra le feu dans le dragon ?"

Ils conclurent que tester le plan à plus petite échelle d'abord pourrait être la meilleure idée. Keely prit une petite écaille rouge du bocal, la posa à plat sur quelques pierres blanches entourant la mare, et dribbla un peu d'eau du seau dessus. Quelque chose d'extraordinaire se produisit : l'écaille de dragon commença à disparaître sous leurs yeux. Elle crépitait et fondait dans les pierres blanches, de petits morceaux étant absorbés directement dans le sable argenté. Ils continuèrent à faire fondre les autres, un par un, jusqu'à ce qu'il ne reste plus de traces ; tous les signes des dragons maléfiques étaient éradiqués, espérons-le, pour toujours.

Keely rinça soigneusement le bocal de Kool-Aid, y plaça une larme de Miss Myrra et une larme de Franki à l'intérieur, et continua d'ajouter de l'eau jusqu'à ce qu'il n'en puisse plus. Meowcher fit tournoyer le bocal d'avant en arrière jusqu'à ce que les larmes se dissolvent dans le liquide, le transformant en un bleu jaunâtre. Keely vissa fermement le couvercle pour protéger chaque goutte. Ensuite, ils vidèrent plusieurs seaux remplis d'eau dans le compartiment arrière de Red Chariot, le faisant déborder. Les deux larmes restantes dans Red Chariot se liquéfièrent lentement dans le coin du wagon.

"J'aimerais qu'il y ait un autre endroit où nous pourrions stocker une partie de ce trésor", réfléchit Keely.

Elle regarda ses bottes de cowboy vertes et entendit une voix lointaine faisant des ondes sonores près de son oreille à plusieurs reprises : "Trouvez le fond. Il détient l'indice."

"D'accord, je crois que c'est la réponse - les lignes manquantes", soupira Keely pour elle-même. En retirant d'abord ses bottes et ses chaussettes, puis sa veste, elle retroussa son jean et plongea la tête la première dans la Mare des Rêves et des Espoirs. L'eau était à la fois chaude et fraîche ; des grappes de bulles de la taille d'une bouteille de champagne chatouillèrent son nez, provoquant un éternuement. Inhalant profondément, elle retint son souffle et tenta de nager jusqu'au fond les yeux grands ouverts. Sous l'eau, une chose étrange se produisit : elle se mit à pleurer, même si elle ne se sentait pas triste. Les larmes jaillissaient de l'intérieur d'elle-même, du bassin secret où sa grand-mère lui avait appris à dissimuler sa douleur, à noyer tous les mots blessants, à enterrer ses chagrins. Les gouttes de larme se mélangeaient aux eaux bleues, jaillissant jusqu'à ce que son bassin intérieur de tristesse soit complètement vide. Keely se sentit déchargée, renouvelée ; ses peurs, sa douleur et sa solitude enfermées étaient libérées.

Elle continua à nager en crawl plus profondément, au-delà des rochers rouges et violets mystiques qui scintillaient autour d'elle, et ses doigts touchèrent le fond de cailloux. Les yeux de Keely cessèrent de pleurer ; à la place, l'eau y entra, et les larmes coulèrent vers l'intérieur, remplissant son bassin intérieur nouvellement vidé de nouvelles espérances et rêves. Les lignes floues du parchemin mélodiaient son esprit :

Les larmes font fondre les cœurs de pierre
Tu sauras
Quoi que tu fasses
Où que tu ailles
La réponse, c'est toi
La réponse, c'est toi.

Elle repoussa avec force du fond avec ses deux pieds et remonta. Expirant tout à coup dans une explosion de bulles et de rires, Keely remonta vers la surface, deux visages préoccupés la fixant depuis leurs places sur le sable rocheux.

"On pensait que tu avais coulé. Tu étais là-bas si longtemps ; on était vraiment inquiets", dirent Meowcher et Growler. "Ça va bien ?"

"Je vais merveilleusement bien. Cette sensation est la meilleure qui soit", rit Keely. Elle ne comprenait pas pleinement ce qui venait de se passer, mais elle savait qu'elle était différente, comme si tous les problèmes du monde avaient été levés de ses épaules.

"C'est le moment - le moment de rentrer chez nous", déclara Keely. "Il est temps de faire rire Crea à nouveau."

Les larmes coulent dans le bassin
des espoirs et des rêves

Chapitre Vingt-Cinq

Flûte Oubliée—Notes Perdues Retrouvées

Maggie investissait désormais tous ses instants aux écuries, tandis que l'état de Crea continuait inexorablement de se détériorer. Son souffle était devenu rauque, superficiel, accompagné d'un cliquetis sourd émanant à chaque soubresaut de sa poitrine frêle. Crea reposait sous une couverture, et Maggie, toutes les heures, massait ses jambes, son dos, son cou, tentant désespérément de faire disparaître les taches jaunes et luminescentes qui s'étendaient. Dans l'obscurité du grenier, elle retrouva sa flûte en argent, oubliée depuis longtemps, celle qu'elle n'avait pas touchée depuis des années. L'espoir de Maggie résidait dans la douce mélodie des notes perdues, qu'elle pensait pouvoir apaiser la douleur de Crea, tout comme elles avaient apaisé autrefois les tourments de son âme. La flûte, à l'origine, avait appartenu à sa grand-mère, récupérée par sa mère qui lui avait enseigné à la jouer après le départ de Mariah. Cet instrument était l'un des rares éléments qui avait apporté réconfort à Maggie après avoir renoncé à Mariah. Cependant, il avait été oublié depuis des années, relégué dans le grenier, terni et couvert de poussière, entouré des souvenirs et rêves perdus. Maggie ne comprenait pas pourquoi la flûte lui était venue à l'esprit ; c'était au cours d'une tempête de pluie battante, sur le chemin des écuries, qu'elle l'avait soudain ressentie, inondée de sentiments joyeux. Maggie dévia de sa trajectoire pour se diriger vers Crea, se rendit directement au grenier, et fouilla frénétiquement à travers les sacs, valises, boîtes de vieux jouets et malles de vêtements abandonnés. Maggie repéra enfin le tube terni dans la plus petite valise, remplie de sa flûte et de poupées Muffie, des préférées d'autrefois, dont les membres en plastique dur étaient désormais détachés, leurs yeux toujours mobiles.

Elle polissait la flûte jusqu'à ce qu'elle resplendisse, la porta aux écuries et la porta à ses lèvres. En soufflant dans le bec, Maggie ferma les yeux, et un flot de notes mélodieuses emplit silencieusement la pièce silencieuse, enveloppant Crea dans un cocon d'amour, estompant les taches pendant un court instant, apaisant la douleur insidieuse qui imprégnait chaque inspiration. Maggie joua ainsi, jusqu'à ce que les ombres reprennent possession des recoins de la nuit. Déposant la flûte sur une petite table, elle se dirigea vers la maison, vers sa chambre à coucher, ses larmes de tristesse se mêlant au crépitement régulier de la pluie.

Elle n'entra pas dans la salle familiale et ne remarqua même pas que les grains de sable rouge dans le sablier étaient presque épuisés. Les quelques grains restants, s'accrochant obstinément au sommet du verre, glissèrent lentement un à un à travers le col fin, rejoignant la dune amassée au fond.

Maggie tenta d'envoyer un message à Keely par la pensée. *S'il te plaît, Keely, viens bientôt. Crea a besoin de toi. J'ai besoin de toi. Je t'aime.*

Si elle avait prêté une oreille attentive, elle aurait pu entendre ces mots murmurés encore et encore par le vent : 'Nous arrivons, Crea. Ne perds pas espoir. Nous serons bientôt là. Nous t'aimons.

Chapitre Vingt-Six

Le Retour À La Maison

S'échapper de la Partie Éternelle du Toujours était bien plus aisé que pénétrer dans la vallée. Entendant le murmure du vent souffler à nouveau des directives – "Plante une fleur dans le sable, arrose-la, observe-la grandir" – Keely suivit le conseil. Plongeant dans la poche arrière de son pantalon, elle en retira les restes des deux dernières fleurs qu'ils avaient cueillies il y a si longtemps. Meowcher et Growler creusèrent rapidement un trou dans le sable rouge, et Keely y plaça les pétales déchirés, les recouvrant de sable et de petits cailloux blancs. Elle réunit de l'eau du bassin argenté dans ses mains, la versa sur les fleurs enfouies. Penchée vers le monticule de roches, de boue et de sable, elle embrassa la brise et la souffla sur le sol.

"Nous arrivons, Crea. Ne perds pas espoir. Nous serons bientôt là. Nous t'aimons." Leur message porta sur les vents en attente jusqu'à Crea.

Ils ne savaient pas que le sablier géant continuait de faire glisser ses derniers grains de sable vers la moitié inférieure du verre. Le temps s'épuisait pour Crea, et ils n'en avaient aucune idée.

L'équipe observa avec émerveillement et stupeur une corne en spirale en forme de Matterhorn s'élever du tas de boue et de sable. Cette fois, cependant, elle ne grandit pas vers le ciel ; elle se vissa à l'envers dans le sol, creusant plus profondément dans le sable et lançant de la terre et des roches partout en ouvrant son chemin hors de la vallée. La corne était unique, un mélange d'argent et d'or aux courbes incrustées de cette glace bleue exquise – celle que Gramps disait avoir trouvée en escaladant des glaciers. Il disait que des morceaux se détachaient, révélant des grottes de glace bleue fondue qui étaient froides au toucher mais ardentes à tenir – lisses, douces et aussi tranchantes. Alors qu'elle continuait à avancer vers sa destination, le fond sortit de la Partie Éternelle du Toujours et le ciel bleu jaillit à travers la fissure. La corne ne tomba pas à travers la nouvelle lucarne, comme on pourrait s'y attendre, mais resta silencieusement suspendue, attendant dans la poche d'étoiles environnante qui s'éveillaient, commençant à scintiller pour la nuit.

Un souffle d'air extérieur s'engouffra de l'autre côté de l'Éternité, au-dessus des visages surpris. En moins d'un battement de cil, moins de temps qu'il ne faut pour peindre le ciel du bout des doigts, le sentiment d'urgence s'immisça dans leurs pensées. Les poils se dressèrent sur le dos de Growler et de Meowcher, et les bras de Keely, une fois de plus, se couvrirent de chair de poule par la peur. "Oh oh. Oh oh. Nous devons nous dépêcher vite et plus vite," chuchotèrent-ils ensemble.

Semblant savoir quoi faire, sans même en discuter au préalable, Keely tira Red Chariot vers la fente dans le ciel, demanda à Meowcher de sauter sur son épaule et à Growler de sauter au milieu et de s'asseoir derrière elle. C'était à l'étroit, pressés dans le wagon, sans s'asseoir dans leur cargaison d'eau. Équilibrant soigneusement, avec un pied encore sur le bord qui s'effritait du trou, Keely s'assit à l'avant de Red Chariot et enfonça la poignée – son volant – à l'intérieur, pour descendre en bobsleigh les virages de la corne licorne en glace fondue.

"Yippee, Kai Yea! C'est parti," rit-elle, poussant de toutes ses forces avec son pied, du bord croûté aussi fort que possible, dévalant la vallée cachée avec la Piscine des Espoirs et des Rêves. Il y eut presque un désastre lorsque Keely zigzagua, tissant un chemin sauvage vers le bas ; Red-Bobsled Chariot, un surnom temporaire, faillit se renverser, comme un vrai bobsleigh. Growler rebondit, mais ses dents se refermèrent, se fermant fermement sur le côté du wagon et sa queue flotta au vent. Le seau de plage bascula d'un côté et un peu d'eau se renversa, mais quand Red-Bobsled Chariot se redressa, Growler et la plupart des gouttelettes retombèrent à l'intérieur, pendant la descente effrayante.

À la pointe – la pointe aiguë de la corne – ils dérapèrent et sautèrent pour s'arrêter, atterrissant avec des petits plops dans un amas de nuage en forme de cornet de crème glacée, encore loin de leur destination. Prendre quelques instants pour s'assurer que tout le monde allait bien, ils rirent en voyant ce qu'ils avaient devant les yeux. Le pelage et les moustaches de Meowcher et de Growler étaient dressés, chaque poil se dressant droit dans les airs. Il en allait de même pour Keely, même ses sourcils essayèrent de se dresser.

Meowcher descendit de l'épaule de Keely, détachant délicatement ses griffes du col du chemisier de Keely, renifla l'air avec précaution, puis chancela autour du bord du cône nuageux et fit une découverte étonnante.

"Venez voir ça, tous. Regardez ce que j'ai trou-vé," murmura-t-elle sur un rythme syncopé.

Trois paires d'yeux se tournèrent à la fois vers le coin du cône et aperçurent un rouleau de ruban arc-en-ciel frais. Personne n'avait la moindre idée d'où venait le ruban arc-en-ciel ni pourquoi il se trouvait dans ce nuage particulier. Cependant, sans poser de questions, Keely commença immédiatement à dérouler des bandes et à les enrouler solidement autour des roues, du corps et de la poignée de Red Chariot. Des morceaux de nuage se mêlèrent tellement aux rubans arc-en-ciel que Keely les laissa, quelques bosses s'accrochant obstinément au bas de Red Chariot. Ensuite, elle passa des bandes à travers les épingles de foulard récupérées de Growler et de Meowcher, leurs rôles de clés étant accomplis pour l'instant, et attela Growler pour tirer une fois de plus Red Chariot. Prenant quelques secondes pour lisser les cheveux de chacun, y compris les siens, Keely donna ses ordres au groupe.

"Prêts à voler," dit-elle. "Il est temps de toucher les cieux. Nous rentrons chez nous." Il n'y avait pas de place pour le doute quant à savoir si les nouveaux rubans arc-en-ciel fonctionneraient à nouveau de ce côté d'Éternité. Keely respira profondément et ouvrit grand les yeux, ses pensées alimentant son vol. Ils décollèrent ensemble vers le coucher de soleil qui disparaissait et une lune orange, brillante, pleine, montante, et des écuries, immobiles et en attente.

Keely ouvrit la voie, suivie de Meowcher, puis de Growler qui tirait un Red Chariot chargé et gorgé d'eau, se déplaçant aussi vite que possible. Peut-être parce qu'ils essayaient de rentrer chez eux le plus rapidement possible, peut-être parce qu'ils étaient tous épuisés de leur aventure, peut-être simplement parce que personne ne remarqua que le Bubble Yum violet bouchant les trous du wagon se détachait, et de précieuses gouttelettes d'eau tombaient sous le wagon, tombant dans le ciel ombragé. L'espoir s'écoulait doucement.

Chapitre Vingt-Sept

Réunion

Trois cœurs battaient en harmonie, de plus en plus fort : « Crea. Crea. Crea. » À mesure qu'ils approchaient, les ombres mauves et vertes, imprégnées de brume, s'approchaient davantage des Grandes Montagnes Fumeuses où Cootersville somnolait. Juste au moment où Growler franchissait la frontière de leur ville natale, les dernières gouttes d'espoir s'écoulèrent de Red Chariot, gorgeant les masses nuageuses désormais d'un noir de charbon qui saisissait toujours son ventre. Ces mêmes morceaux de coton que Keely avait malencontreusement attachés au wagon avec les rubans arc-en-ciel, ainsi que d'autres morceaux hétéroclites récoltés en vol, adhéraient toujours au bas de Red Chariot. Les amas gonflaient, gorgés de gouttes tombées, et l'équipe demeurait inconsciente de l'existence d'un problème. En se dirigeant vers les écuries, les masses nuageuses se desserraient, s'affaissant de plus en plus jusqu'à ce que les derniers doigts de nuage emplumés lâchent enfin prise, se libérant de Red Chariot. Ils dérivèrent un moment, suspendus, hésitant sous le poids du trésor précieux en leur sein. Mais la charge était trop lourde ; ils ne pouvaient retenir la pluie. D'abord, ils crachèrent quelques crachats, par à-coups, puis, parce qu'ils étaient gonflés à éclater, ils saupoudrèrent silencieusement leur trésor sur la vallée endormie.

Si seulement leurs yeux avaient suivi les gouttes qui tombaient, ils auraient été témoins de quelque chose d'extraordinaire, comme Gramms aimait le dire lorsque de belles pensées touchaient son âme. Les gouttes tombèrent sur les tas de détritus non ramassés et de verre brisé et les firent disparaître ; des champs d'herbe et de fleurs sauvages apparurent dans les terrains vagues remplis de terre, transformés en décharge. Des bancs de parc réparés, des maisons peintes, des fenêtres propres, des parcs et des collines fleuris de roses, de tulipes, de jasmin et d'autres fleurs inconnues étaient laissés sur le chemin de la pluie. Devant le bureau de poste, une rangée de jardinières en laiton étincelait, des décennies de ternissure disparue. Et dans le clignement des premiers rayons du soleil rose-violet, des fuchsias débordèrent des pots - des traînées de fleurs dansèrent et sautèrent à travers les ombres éclairées par le soleil et s'enroulèrent au sol. Bien en bas, dans le vieux jardin de Gramms, une goutte tomba sur la fontaine cassée. La licorne en marbre blanc pur devint dorée ; sa corne bascula légèrement, et les fissures disparurent, projetant à nouveau de l'eau haute dans le ciel éclairé par la lune. Le glouglou de son rire rebondit sur les étoiles cachées, et la plaque de bronze, polie à la perfection, révéla des mots que l'on croyait perdus :

Les rêves, les espoirs et les vœux se réalisent. Crois que "l'impossible est possible."

Des centaines de réverbères cassés commencèrent à scintiller à nouveau. Les boîtes aux lettres en métal aux couleurs vives se redressèrent, et les drapeaux rouges se replièrent proprement sur le côté. Des coins d'enveloppes grasses dépassaient, indiquant l'arrivée du courrier. La ville frissonnait, surprise, frémissait de joie, revivait, regorgeant d'espoirs et de rêves.

Atterrissant juste à l'extérieur des écuries, l'équipe vit immédiatement que Red Chariot n'était plus rempli d'eau et que le Bubble Yum n'était plus étiré sur les trous. *Oh non,* pensèrent-ils tous ensemble.

"C'est bon", dit Keely. "C'était de l'eau en plus. Je suis sûre d'avoir assez pour Crea dans le seau et le bocal de Kool-Aid." Ils ne remarquèrent pas que la clôture du corral avait une nouvelle couche de peinture blanche, que des amas de fleurs sauvages fleurissaient dans la cour de la grange, ou qu'un coussin tissé du vert le plus vert étouffait la partie supérieure de l'écurie au-dessus des portes de marelle.

Je me demande où est maman ? Je pensais qu'elle nous entendrait arriver. Je sais qu'elle restait avec Crea. Keely s'inquiétait dans ses pensées, qui étaient entendues à la fois par Meowcher et Growler.

Attrapant le bocal de Kool-Aid et le seau, la bande se précipita dans les écuries. Il faisait assez sombre à l'intérieur, mais ils pouvaient voir l'abat-jour brûlé par le soleil à côté de la stalle de Crea, et la lanterne "inutile" projetait des motifs à travers les murs, éclairant leur chemin. Le guéridon soutenait la flûte récemment jouée, émettant des ondes sourdes avec des gammes non jouées, silencieuses - les notes perdues étaient oubliées, introuvées. La mère de Keely n'était nulle part à voir.

Ils s'arrêtèrent net à la porte ouverte de la stalle de Crea. La couverture de bébé bleue du coffre en osier interdit dans le grenier couvrait toujours le cou de Crea, mais elle ne bougeait pas du tout. Aucune respiration peu profonde n'était entendue.

L'esprit de Keely se figea. "Elle est aussi immobile que... Non. Je ne vais pas penser à ce mot ; ce n'est pas possible. Ça ne peut pas être."

Luttant frénétiquement, elle essaya d'ouvrir le couvercle du bocal, mais ses mains refusèrent de cesser de trembler. Elle les pressa contre son jean pour contrôler le frisson et sentit la bosse dans la poche avant gauche. Sortant de l'ombre, une voix lui murmura encore une fois : "Utilise-le maintenant, Keely. Fais-toi un peu plus de temps."

"J'ai presque oublié ça." Elle plongea dans sa poche et en sortit une poignée de sable rouge qu'elle avait ramassée plus tôt sur la plage près de la Piscine des Espoirs et des Rêves. C'était le truc qui ressemblait au sable de l'heure du Gramps. Gardant sa main fermée étroitement, comme le cou tordu d'un cygne, Keely laissa quelques grains dribbler lentement à travers sa main fissurée, chantant une berceuse apaisante en même temps. Meowcher et Growler regardaient en silence et sifflaient doucement ensemble alors que des soupirs doux sortaient de Crea ; la couverture se soulevait légèrement, puis descendait et remontait à chaque souffle.

"Ouf", lâcha l'équipe soulagée, presque trop doucement pour être entendue.

"Meowcher et Growler, j'ai besoin de votre aide avec ce sable," dit Keely. "Je veux commencer à réveiller Crea, et je dois la faire boire de l'eau. Je dois utiliser mes deux mains avec le bocal mais ne veux pas laisser tomber tout le sable en une fois. Si je saupoudre le sable dans votre fourrure, vous pouvez le secouer très lentement, un peu à la fois, pour étirer le temps de Crea. J'ai aussi un peu plus de sable rouge que j'ai mis dans le sachet pour utiliser. Qu'en pensez-vous ?"

Ils furent tous deux immédiatement d'accord que c'était un bon plan et s'avancèrent. Keely saupoudra le reste du sable rouge sur leur fourrure, les recouvrant légèrement de la tête à la pointe de la queue. Un peu tomba sur les vibrisses de Meowcher ; elle les secoua de droite à gauche puis éternua bruyamment, rompant le silence et dispersant du sable sur le sol. Les trois rirent et sourirent, libérant la tension et les pensées tourmentées qu'ils avaient tous essayé de cacher. Meowcher et Growler élaborèrent un programme de secouage. D'abord, Meowcher secouerait ; ensuite, Growler frissonnerait ; et puis, ils remueraient leurs queues ensemble. Alors, sur le compte de trois, ils passèrent en revue leur routine :

1. *Secoue !*

2. *Frissonne !*

3. *Remue ! Répétez ensemble :*

1. *Secoue !*

2. *Frissonne !*

3. *Remue ! - Encore une fois -*

Le sable tomba de leurs manteaux de fourrure sur le sol de l'écurie, à côté de Crea profondément endormie. Certains tombèrent entre les fissures des lattes de la passerelle couvrant les lacunes enfoncées et rejoignirent les grains qui avaient été lavés du tapis de Gramps avant le début de leur voyage. Keely se pencha sur Crea et commença à lui caresser le cou, chatouillant ses oreilles et chuchotant doucement.

"Réveille-toi, Crea. Nous sommes de retour. Nous sommes là pour t'aider. Nous avons trouvé le médicament qui te guérira. Réveille-toi !"

Keely dévissa le couvercle du bocal et commença à goutter une poignée d'eau dans le visage de Crea, quelques gouttes sur ses yeux et son nez et quelques gouttes sur le dessus de sa tête. Elle encourageait constamment Crea à ouvrir les yeux.

D'abord, une oreille, puis l'autre, frémit. Ensuite, le nez se froissa, et enfin les cils papillonnèrent. Et ces yeux alléchants s'ouvrirent, d'un violet éclatant, sans blanc, avec des centres en forme de fleur mystérieuse remplie d'or.

"Regardez la fleur dans les yeux de Crea !" s'exclama Keely. "C'est la même que celle que nous avons trouvée lors de notre voyage, la même qui nous a conduits dans la vallée de la Partie Éternelle de Toujours ! Je savais que je reconnaissais cette fleur de quelque part." Elle était tellement excitée par cette découverte qu'elle faillit renverser le seau, l'attrapant juste avant qu'il ne se renverse sur le sol.

"Mon dieu, je ferais bien de me calmer", dit Keely. "D'accord, Crea, après avoir rempli le bocal de Kool-Aid, mélangeant ce qu'il reste avec l'eau du seau, je veux que tu le boives tout de suite. Ça va te guérir."

Secouez! Tremblez! Secouez!

Crea souriait même un peu. "Je ferai de mon mieux, Keely. Je ne me sens déjà mieux rien qu'en ayant toi, Growler et Meowcher à mes côtés."

Lentement, donnant à Crea le temps d'avaler après chaque gorgée, Keely lui donna l'eau de la Piscine des Espoirs et des Rêves, mélangée aux larmes de chagrin de Franki et de Miss Myrra. Crea la but jusqu'à la dernière goutte. Pas une seule goutte n'était laissée.

À chaque gorgée, quelque chose d'extraordinaire se produisit sur les bosses de Crea. D'abord, les centres bleus et brillants disparurent, puis la couleur jaune s'estompa pour devenir verte. Les bosses vertes rétrécirent et finalement disparurent totalement. Son pelage blanc pur, peint avec des touches de paillettes bleutées, revint ; les crêtes de sa corne brillèrent ; et ses yeux scintillèrent à nouveau avec leur ancien esprit.

Au fur et à mesure que les dernières gouttes tombaient et étaient avalées, Crea se leva d'un bond et secoua la tête de joie.

"Merci, Keely ! Merci, Growler et Meowcher ! Mes amis les plus chers, vous m'avez sauvé la vie. Je me sens tellement merveilleuse. Allons f—" Mais ce dernier mot resta en suspens, car l'esprit de Crea se concentra sur autre chose. Sa tête se pencha sur le côté alors qu'elle s'arrêtait pour écouter le vent. Claquant son sabot rapidement, Crea se tourna vers Keely et lui dit que sa maman avait besoin d'elle immédiatement. Elles devaient y aller tout de suite.

Et elles le firent, se déplaçant plus vite que les ombres de la lueur de la lune qui s'estompait. Seule Meowcher remarqua les environs changés de l'écurie et que les ordures et les bouteilles brisées ne recouvraient plus l'allée en dessous d'elles. Elles survolèrent la barrière dans le jardin de Keely, de sorte qu'elles ne virent pas qu'il était maintenant peint. Six volets d'un blanc éclatant, "dé-tordus" et des fenêtres sans saleté encadraient les coins. À côté de la barrière se tenait la boîte aux lettres jaune fraîchement peinte ; la porte était légèrement bombée, révélant le bord d'une grande enveloppe - le courrier était arrivé. La troupe s'arrêta devant la porte arrière de Keely, et c'est à ce moment-là qu'elles réalisèrent toutes que quelque chose de vraiment magique était arrivé au jardin de Keely. L'herbe était verte et douce au toucher. Des fleurs d'automne accrocheuses parfumaient l'air, fleurissant au lever du soleil et remplaçant l'odeur morne de la poussière de charbon vieille de plusieurs décennies qui imprégnait jusqu'aux os. Le goût moisi et de sciure dans l'air des rêves piétinés avait disparu. Appuyé contre la maison se trouvait un vélo "tout neuf", flambant neuf. C'était une expression de Gramps pour les rares fois où l'on recevait quelque chose qui n'avait jamais été utilisé par personne d'autre. Il était d'un rose vif, avec des garde-boue bordeaux foncé et des rubans scintillants qui pendaient du guidon, frôlant presque le sol.

Il y avait une grande carte accrochée au siège :

À : Maggie,

Avec Amour, Père Noël

P.S. Désolé que ce soit en retard. J'espère que tu pourras toujours en profiter.

"On dirait qu'un attrape-rêves était là", rit Keely.

"Qu'est-ce qu'un attrape-rêves ?" demanda Crea.

"Je t'expliquerai plus tard. Trouvons ma maman tout

de suite." Keely cessa brusquement de sourire alors qu'elle sentait que quelque chose n'allait définitivement pas. Elles claquèrent la nouvelle moustiquaire de la porte arrière dans leur hâte d'entrer dans la maison.

Au début, la maison était silencieuse, à l'exception du souffle haletant des quatre d'entre elles. Puis elles entendirent des sanglots légers au loin. Keely savait d'où venait le son et fit signe à ses amis d'attendre pour elle dans la cuisine. Elle courut dans le couloir passé le salon et monta les escaliers du grenier à descente rapide aussi vite qu'elle le put. Les sanglots étaient maintenant plus forts, venant des ombres dans un coin éloigné du grenier. En s'approchant du corps froissé de sa mère, Keely entendit son nom répété encore et encore.

"Keely, Keely, Keely, s'il te plaît, rentre à la maison. Je ne peux pas supporter l'idée de te perdre aussi. Crea est partie. Je sais que tu ne me pardonneras jamais. Keely, Keely, Keely, je ne peux pas te perdre."

Keely atteignit sa mère et la prit dans ses bras. Mais même après avoir tenu sa mère, lui disant qu'elle allait bien, qu'elle était de retour chez elle et qu'elle ne partirait pas, sa mère continuait de trembler incontrôlablement et de pleurer. La tristesse et la douleur refusaient de partir, et Keely ne savait pas quoi faire ; elle n'avait jamais vu sa mère dans une telle douleur auparavant.

Encore une fois, une brise traversa le sol poussiéreux du grenier ; Keely écouta et commença à chanter des mélodies apaisantes, caressant les cheveux de sa mère et essayant d'arrêter ses larmes. Pourtant, Keely pouvait sentir la tristesse de sa mère. En chantant, ses propres larmes, de cette profonde source en elle, glissèrent et tombèrent sur sa mère. Chaque larme tombante de celles qui étaient stockées en elle, provenant de la Piscine des Espoirs et des Rêves, faisait disparaître la douleur et les chagrins, à la fois nouveaux et anciens.

Les larmes font fondre les cœurs de pierre, la réponse, c'est toi ; la réponse, c'est toi, résonnait dans les pensées de Keely. Les mots du poème étaient complets. Le tremblement de peurs s'arrêta, les doigts de la douleur relâchèrent enfin leur emprise sur le cœur de Maggie, et elle se remplit de paix, de joie et d'espoir.

L'ombre du sourire ricanait, se propageant rapidement des lèvres de sa mère à ses yeux, puis à ceux de Keely. Toutes deux se serrèrent dans les bras l'une de l'autre, sa mère essayant toujours de croire que ce qui se passait était réel. Elle se pinça juste pour s'assurer.

"Aïe. Je suppose que ce n'est pas un rêve", dit-elle. "Tu es enfin ici."

Et puis elle prononça ces mots que Keely attendait depuis presque toute sa vie pour les entendre : "Je t'aime tellement."

"Je t'aime aussi, maman."

Chapitre Vingt-Huit

Courrier

Soudain, un énorme fracas et un cliquetis provenaient de la cuisine, suivi d'un cri fort. "Qu'est-ce qui se passe ici ? Une licorne ? Une licorne ? Où est tout le monde ? Keely, Maggie, je suis rentré ! Qu'est-ce qu'une licorne fait dans notre maison ?"

"Papa est rentré !" s'exclama Keely, et tous deux descendirent précipitamment les échelons de l'escalier du grenier pour se précipiter dans ses bras attendus.

Le groupe entier essaya de parler en même temps, et ils réagirent les uns aux autres avec des éclats de rire et des soupirs de stupéfaction face aux dangers affrontés. Keely était au centre de l'attention, et la conversation s'interrompit lorsque la voix toujours juvénile et mélodieuse de Crea interrompit le flux de pensées : "Keely, c'est toi qui m'as sauvé la vie, et c'est à toi que je dois une dette de gratitude pour tous les lendemains. Tu es une amie à être avec jusqu'à ce que les arcs-en-ciel ne soient plus." Elle inclina la tête en signe de remerciement envers Keely.

Keely rougit timidement de l'éloge, marmonna "Ce n'était rien" et continua à raconter leur série d'aventures. Meowcher et Growler fournirent des exemples vivants des périls et du courage continu, de la bravoure et du leadership de Keely tout au long de leur voyage.

Keely ne le remarqua pas alors, mais réalisa plus tard que sa mère et son père entendaient Crea, Meowcher et Growler parler, comprenant leurs paroles dans l'air et dans l'esprit. Elle ne savait pas si ce nouveau phénomène était le résultat de ses capacités de traduction mentale instantanée ou si l'esprit de ses parents était simplement ouvert maintenant, mais l'"impossible" avait définitivement fait un saut périlleux vers "possible".

Ils continuèrent tous à discuter jusqu'aux premières heures du matin. Maggie fut choquée et émerveillée en voyant son vélo livré par un attrape-rêves et se souvint qu'elle l'avait souhaité sur une étoile filante pour Noël quand elle avait environ huit ans. "Je ne pensais vraiment pas en avoir un jour, mais j'ai formulé le vœu alors qu'une étoile filante traversait le ciel. C'est exactement comme je l'imaginais, jusqu'aux streamers scintillants extra-longs sur le guidon. Je n'arrive pas à y croire."

Peu de temps après le lever du soleil, plusieurs personnes arrivèrent et frappèrent avec enthousiasme à la porte arrière. Tout le monde agitait des enveloppes ouvertes dans leurs mains, et une voix retentit plus fort que les autres.

"Vous avez du courrier. Nous en avons aussi. Lisez votre lettre !" Le voisin tira une épaisse enveloppe de la boîte aux lettres des Tucker et la remit au père de Keely. La foule tenait fermement ses propres lettres, essayant de garder leurs lèvres scellées jusqu'à ce que le père de Keely l'ouvre, sans dévoiler les nouvelles qu'elle contenait.

Des usines voulaient revenir en ville - une usine d'assemblage de voitures, une société de logiciels et une usine pour fabriquer un nouveau type de store. Les lettres faisaient des offres pour les terres qu'ils pensaient tous être sans valeur, meilleures que toutes les offres présentées dans le passé. De plus, il y avait des emplois pour tous ceux qui voulaient travailler, depuis des postes de direction jusqu'aux postes inférieurs. C'était un rêve devenu réalité pour chaque habitant de Cootersville.

Keely ne comprenait pas les détails techniques discutés, mais elle savait que son père n'avait plus besoin de voyager tout le temps.

"Mon père est à la maison. Ma mère est à la maison. Je suis à la maison", dit-elle.

Et Crea, Meowcher et Growler étaient aussi chez eux, jusqu'à leur prochaine aventure.